I필터를
설치하시겠습니까?

I필터를 설치하시겠습니까?

범유진 지음

팀

차례

〈I필터를 사용하시겠습니까?〉

이하는 소원을 이루어 주는 앱 **I필터**에 관한 이용 약관입니다. 동의 후 철회가 불가능하니 정독을 권합니다.

- 50장까지는 샘플로 Free! 이후부터는 사용자의 소원이 이루어지는 것으로 결제됩니다.
- 이루어진 소원은 **I**가 사용자의 자리를 대신하는 데 이용됩니다.
- 누구도 사용자와 **I**를 구별하지 못하게 되면 둘의 자리가 완전히 뒤바뀝니다.
- **I**를 돌려보내려면 앱을 삭제하십시오.
- 앱을 삭제하면 이루어진 소원은 원상 복구되며 사용자는 그 소원을 다시는 이룰 수 없습니다.

선택받은 사람만이 이 링크를 전송받습니다.
설치하시겠습니까?

아니오　　　　네

서연의 이야기

예뻐지고 싶어. 언니보다 더. 더욱더.

그럼 착한 아이 행세를 하지 않아도 될 텐데.

1

서연은 오늘도 일어나자마자 휴대폰을 들고 셀카를 찍었다.

"못생겼어."

서연은 사진을 확인하고는 이내 삭제 버튼을 눌렀다. 부석부석한 머리카락에 부어오른 얼굴. 어떤 필터를 써도 못나 보였다. 서연은 한숨을 쉬며 휴대폰 갤러리를 열었다. 한 달 전 언니가 수학여행을 갔을 때 보내 준 사진이 거기에 있었다. '친구들하고 엽사 찍기 놀이 했어.' 눈곱이 끼었는데도 게슴츠레하지 않은 커다란 눈, 또렷한 쌍꺼풀. 메시지와 함께 날아온 사진 속 언니는 그저 예뻤다.

'어디가 엽기 사진이라는 거야?'

알고 있다. 언니는 정말 이 사진이 웃기다고 생각해서 서연에게 보냈을 거다. 잘난 척을 하려던 게 아니다. 그걸 알아도, 속상한 건 어쩔 수 없었다.

서연의 언니, 하연은 예쁘다. 어릴 적부터 주변 사람들 모두 그렇게 말했다. "하연이는 정말 예쁘네.", "자매가 둘 다 예쁜데, 하연이가 조금 더 예쁘네."라고. 그때마다 하연은 "내 동생이 나보다 더 예쁜데요." 하고 말했다. 서연은 그것이 더 싫었다. 하연과 비교당하는 것보다 하연이 자신을 감싸는 것이 더 비참하게 느껴졌다. 서연은 점차 하연과 거리를 두었다. 그래도 자매 사이가 단번에 멀어지지 않은 건 하연 때문이었다. 하연은 동생이 데면데면하게 구는 것을 서운해하며, 서연이 벌린 거리를 좁히려 애썼다. 쫓고 쫓기는 자매의 술래잡기는 하연이 열세 살 때 연예 기획사에 들어가면서 끝이 났다. 하연은 바빠졌고, 두 사람은 아침에 잠깐 얼굴만 보는 날이 많아졌다.

서연은 침대에서 일어나 바로 옆에 놓인 화장대에 앉았다. 서연의 화장대에는 화장품이 가득했다. "서연이 부모님은 화장하는 거 혼내기는커녕 화장품을 다 사 주시나봐.", "역시 연예인 딸을 둔 부모님은 다르구나." 친구들이 부러워할 때마다 서연은 미소를 지었지만, 사실 조금도 기쁘지 않았다. 그중에 엄마와 아빠가 서연을 위해 사 온 것은 하나도 없었으니까. 어제만 해도 그랬다. 엄마는 양손 가득 하연을 위한 화장품을 사 왔고, 쇼핑백에서 샘플 몇 개를 꺼내 서연에게 건넸다. "서연이 넌 학생이니까 그걸로 충분하지?"라는 말에 서연은 고개를 끄덕거릴 수밖에 없었다.

'언니도 학생이잖아. 언니는 촬영 끝나고 받아 오는 것도 많은데.'

서연은 스킨과 로션, 선크림을 토닥토닥 정성 들여 발랐다. 이마 한가운데 솟아난 뾰루지 하나가 손톱 끝에 툭 걸렸다. 당장이라도 눌러 터뜨리고 싶은 것을 간신히 참았다. 뾰루지는 손대면 더 덧날 뿐이다. 아이라인을 그리고 마스카라를 꼼꼼히 바르며 바쁘게 움직이던 서연의 손이 멈춘 것은 틴트를 고를 때였다. 서연은 열 개가 넘는 틴트를 유심히 살피다가 오렌지색 틴트를 집어 들었다. 사흘 전에 하연이 광고 촬영을 마치고 가져다준 것이다. 하연은 틴트를 서연의 입술에 직접 발라 주었다. "역시 내 동생이 제일 예뻐." 서연은 그렇게 말하는 언니가 미웠다.

틴트를 바른 후, 서연은 침대 위에 팽개쳐 둔 휴대폰을 집어 들었다. 이리저리 구도를 바꾸어 가며 셀카를 찍었고, 갤러리에는 수십 장의 사진이 저장되었다. 서연은 사진을 한 장씩 살펴보다가 제일 잘 나온 한 장만을 남기고 전부 삭제했다. 그러고는 화장 솜에 클렌징 워터를 묻혀 눈가를 문질렀다. 마스카라가 번져 눈가가 판다처럼 변한 얼굴이 거울 속에 비쳤다.

"역시 못생겼잖아. 거짓말쟁이."

서연은 화장솜으로 얼굴 전체를 벅벅 문질렀다. 집에서는 화장을 하지 말 것. 그게 엄마, 아빠가 정한 규칙이다. 집에서까지 화장을 하고 있으면 피부가 쉴 틈이 없어서 주름이 빨리 생긴다는 게 이유다. 그 규칙이 아니어도 서연 역시 그러고 싶진 않았다. 아무리 화장을 해도 하연보다 못생겼다는 걸 확인하는 일이 될 테니 말이다.

"서연이 너, 왜 그렇게 얼굴이 붉어?"

서연이 화장실에서 세수를 마치고 나와 식탁에 앉자 서연의 아빠가 의아하다는 듯 물었다. 서연은 앞에 놓인 토스트 접시와 우유 컵으로 시선을 옮겼다. 오늘도 토스트에 잼이 발라져 있지 않은 걸 보니 서연의 엄마는 아침 일찍 출근한 모양이다. 잼을 사 오는 건 늘 엄마다. 서연은 어릴 때부터 잼의 유무로 엄마의 바쁨을 짐작하곤 했다.

"얼굴 왜 그러냐니까."

아빠가 재차 물었다. 화장을 지우려고 벅벅 문질러 닦아서, 하고 대답할 순 없었다.

"요즘 피부가 좀 예민해서요."

서연은 얼버무렸고, 아빠는 쯧쯧 혀를 찼다.

"이마에도 뭐가 났네. 넌 어째 그런 거 하나 관리를 못 하냐. 하연이는 중학생 때 피부에 뭐 하나 난 적이 없었다."

식탁 아래, 서연은 주먹을 꽉 움켜쥐었다. 손톱이 손바닥을 파고들어 붉은 자국을 남겼다. 하지만 식탁 위, 서연은 아빠를 마주 보며 웃었다.

"피부과 갈게요."

여전히 무뚝뚝한 아빠의 표정을 보고 서연은 재빨리 화제를 돌렸다.

"아빠, 저 학교 앞까지 태워 주시면 안 돼요? 미술 수행 평가 한 거 가져가야 하는데, 보드가 엄청 커요. 제 키만 하거든요. 들고 가기 힘들 것 같아요."

"그래. 그러자."

아빠의 표정이 부드럽게 바뀐 것과, 하연이 서연의 어깨를 끌어안은 것은 거의 동시였다.

"내 동생, 잘 잤어?"

하연의 축축한 머리카락 끝이 서연의 어깨에 닿았다.

'언니를 보고 표정이 변한 거구나.'

서연은 그 축축함이 싫었지만 잠자코 하연에게 끌어안긴 채 우유를 마셨다.

"우리 딸, 일찍 일어났네? 오늘 12시부터 촬영이라고 했지? 좀 더 자지 그러냐."

우리 딸. 아빠는 서연을 그렇게 부른 적이 한 번도 없다. 그 호칭은 언제나 단 한 사람, 언니 하연의 것이었다.

"오전만이라도 학교에 있으려고요. 새 학기 시작된 지 한 달밖에 안 됐는데 너무 자주 빠지는 것 같아요. 아무리 연예 활동을 하려고 선택한 학교라도 나갈 수 있는 날은 착실하게 나가야죠."

"장하기도 하지. 그럼 내가 데려다주마."

하연이 다니는 고등학교는 서연의 중학교와 정반대 방향에 있었다. 하연은 연예 활동을 위해 집에서 멀리 떨어진 예술 고등학교에 진학했다. 차로 20여 분이 넘게 걸리는 거리. 아빠가 하연과 서연을 동시에 데려다주는 건 불가능했다.

'아빠, 나는요? 내가 먼저 데려다 달라고 했는데.'

서연은 목 아래에서 치솟아 오르는 말을 꿀꺽 삼켰다.

"나, 오늘 학교 빨리 가야 돼."

서연은 그렇게 말하며 언니의 팔에서 빠져나왔다. 아빠가 "맞다. 서연이랑 먼저 약속했지."라고 말해 주기를 기대하며 느릿느릿 부엌을 나왔지만, 아빠는 하연과의 대화에 정신이 팔려 있을 뿐이었다.

'매번 이런 식이야. 아빠도 엄마도, 나는 늘 안중에도 없어.'

서연은 신경질적으로 방문을 닫았다. 방문 옆에 기대어 세워 놓은 보드가 흔들거리다가 앞으로 쏟아지듯 넘어졌다. 보드에 붙어 있던 자석 몇 개가 떨어져 침대 아래로 굴러 들어갔다. 그 순간 서연은 보드를 부수어 버리고 싶은

충동에 휩싸였다. 발로 마구 밟아 부수고, 방 밖으로 조각
난 보드를 던지며 소리를 지르면 답답함이 조금은 사라질
것 같았다. 한참 동안 보드를 노려보던 서연은, 결국 바닥
에 납작하게 엎드려 침대 아래 있던 자석을 끄집어냈다.
차마 보드를 부술 순 없었다. 그랬다간 수행 평가 점수가
형편없이 나올 것이다. "서연이가 공부는 참 잘한단 말이
지." 엄마 아빠가 서연을 칭찬하는 유일한 것, 성적. 서연
은 도저히 그것을 포기할 수 없었다.

　서연은 교복을 입고 화장을 했다. 오렌지색 틴트를 집
어 들었다가 도로 내려놓았다. 오렌지색이 지금은 꼴도 보
기 싫었다. 서연은 분홍색 틴트를 바른 뒤 보드를 옆구리
에 끼웠다. 큼지막한 보드 때문에 펭귄처럼 뒤뚱거리며 방
을 나와 부엌 쪽을 보니 이미 식탁은 텅 비어 있었다. 아빠
와 하연은 먼저 집을 나선 모양이었다. 서연은 혼자 집을
나섰다. 현관문이 잠긴 것을 확인하고 엘리베이터 버튼을
눌렀다. 홧홧한 눈가를 손등으로 꾹 누르며 엘리베이터에
탔다. 서연은 멍하니 엘리베이터 층 수가 바뀌는 걸 보다
가 고개를 옆으로 돌렸다. 벽면 거울에 얼굴이 비쳤다.

　'엘리베이터 괴담이라는 게 있었지.'

어릴 적에 하연이 들려준 괴담이 떠올랐다. 엘리베이터에 붙은 거울을 오래 들여다보고 있으면 또 다른 내가 나타나서 거울 안으로 끌고 들어간다는 이야기였다. 그렇게 끌려 들어간 사람은 또 다른 나에게 자리를 빼앗기고, 사람들에게 잊힌다고 했다.

'또 다른 내가 있다면, 걔는 언니보다 예쁠까?'

아무래도 아닐 것 같다. 서연은 이마에 난 뾰루지를 손톱 끝으로 지그시 눌렀다. 십자 모양 손톱자국과 함께 뾰루지가 부풀어 올랐다. 부모님이 봤다면 질색했을 행동이었다.

'뭐 어때. 뭘 해도 어차피 똑같은데.'

서연은 더욱 세게 뾰루지를 눌렀다.

'차라리 이 세상에서 없어지고 싶어.'

툭, 뾰루지가 손끝에서 터졌다. 피 섞인 고름이 튜브에서 잘못 짠 물감처럼 튀어 나가 거울 표면에 묻었다. 이마에 얼얼한 통증이 느껴졌다.

'아니야, 없어지고 싶은 게.'

예뻐지고 싶었다. 언니보다 더욱더.

2

'좋아요' 1,200개. 인스타그램에 셀카를 올리자마자 하트가 피어올랐다. 저마다 휴대폰을 들여다보고 있던 친구들이 입을 모아 감탄했다.

"역시 셀카 장인, 이서연. 댓글도 장난 아니게 많이 달렸어."

"이 사진은 진짜 여신이다. 서연아, 너 앱 뭐 써?"

새 학기가 시작되고 서연이 제일 기뻤던 건 휴대폰을 마음대로 쓸 수 있게 된 거였다. 작년, 2학년 담임은 아침에 휴대폰을 제출하게 해서는 종례 시간에야 돌려주었다. 아침부터 오후 늦게까지 셀카를 찍을 수도, '좋아요'의 수를 확인할 수도 없는 그 시간이 서연은 몸서리치게 끔찍했다. 3학년이 되고 새 학기 첫날, 담임이 휴대폰 제출은 자율이라고 했을 때 서연은 환호성을 지를 뻔했다.

"그 사진은 이걸로 찍은 거야. 신상 앱인데 필터가 엄청다양해."

서연이 휴대폰을 내밀자 친구들은 앞다투어 화면을 들

여다보았다.

"이 앱 알아. 엄청 유명한 뷰티 유튜버도 이거 쓰잖아."

"이거 써 보고 싶었는데 유료라 다운 못 받았어. 서연아, 나도 한 장 찍어 봐도 돼?"

친구들 중 한 명이 서연의 손에서 휴대폰을 가져갔다. 서연은 손에서 빠져나가는 휴대폰을 움켜잡으려다 그만두었다. 친구들이 서연의 휴대폰을 마음대로 가져가는 건 하루 이틀 일이 아니었다. 서연은 그것이 싫었지만 한 번도 싫다고 말한 적이 없었다.

"뭐야. 난 그저 그렇게 나오잖아. 앱도 사람 차별한다니까."

"원판이 서연이 정도는 되어야 필터로 커버가 되지."

"서연아, 갤러리 구경해도 되지? 이 사진도 예쁘다. 이건 왜 안 올렸어?"

친구들은 서연의 갤러리를 구경하며 연신 예쁘다, 귀엽다 하고 감탄했다. 서연은 짜증이 나는 걸 꾹 참으며 애써 웃었다. 휴대폰이 손에서 사라지니 초조함이 밀려왔다. 마음 같아서는 당장이라도 친구들 손에서 휴대폰을 빼앗아 오고 싶었지만 그럴 수가 없었다.

'하트가 몇 개나 더 찍혔는지 확인하고 싶어.'

셀카를 올린 게시물에 기록된 '좋아요' 수와 그 아래 달린 댓글은 즉각적이고 솔직했다. 서연은 슬플수록 셀카를 더 많이 찍었고, 더 많이 공유했다. 그렇게 해서 얻어 낸 하트는 상처 난 마음에 바르는 반창고가 되어 주었다. 커다란 보드를 끙끙대며 들고 와야 했던 오늘 같은 날이 서연에겐 매우 많았기에, 반창고를 아무리 받아도 언제나 부족했다. 서연은 새로 나온 사진 앱은 무조건 다운받았고, 틈틈이 셀카를 찍어 보정했다. 휴대폰 갤러리와 인스타그램에 쌓인 사진의 수가 서연의 마음을 뒤덮은 생채기 수와 일치한다는 것을 누구도 알지 못했다. 사진 속 서연은 그저 예쁘고 행복해 보였으니까.

"미친⋯⋯. 야, 이서연."

휴대폰을 들여다보던 친구들이 일제히 고개를 들어 서연을 봤다.

"왜 그래?"

혹시라도 속마음을 들킨 걸까. 서연은 흠칫 놀라 친구들을 마주 보았다. 서연의 눈앞에, 휴대폰 화면이 보였다. 화면에는 하연이 엽사라며 보낸 사진이 떠 있었다.

"이거 이하연이지? 서연이 네 언니. 인스타에서 봤을 때도 예쁘다고 생각했는데, 이 사진은 진짜 예쁘다. 화장기 없는 게 완전 청순해."

"내 말이. 깜짝 놀랐어. 이하연 다른 사진은 없어? 내 언니가 이하연이면 같이 셀카 100장 찍어서 자랑할 텐데."

친구들의 상기된 얼굴. 사랑에 빠지기라도 한 듯 발그스름한 뺨과 들뜬 목소리. 서연의 사진을 칭찬하던 때와는 사뭇 다른 반응이었다.

"우리 언니, 사진 찍는 거 별로 안 좋아해."

거짓말이었다. 하연은 언제나 함께 셀카를 찍자고 서연을 졸랐고, 서연은 그 말을 못 들은 척했다.

"그 사진도 언니가 수학여행 갔을 때 보내 준 걸 안 지운 거야. 엽사 찍기 대회를 했다나."

"이게 엽사라고? 역시 연예인은 다르다. 서연아, 이거 인스타에 올리자. 갤러리에 놔두기엔 아깝잖아."

"뭐? 안 돼. 언니한테 허락도 안 받았는걸."

"괜찮아. 동생이 언니 사진 좀 올린다고 설마 큰일이 나겠어?"

그러자. 그렇게 하자. 우리가 올려도 되지? 친구들의 목소리가 서연을 어지럽게 만들었다. 서연은 친구들이 자신의 인스타그램에 하연의 사진을 업로드하고 해시태그까지 다는 것을 멍하니 봤다. 그만해. 하지 마. 멋대로 뭘 하는 거야. 내 휴대폰에서 손 떼. 그렇게 말하고 싶었지만 그럴 수 없었다. 그랬다가는 친구들이 자신을 싫어하게 될까 봐 무서웠다.

"완료! 올리자마자 댓글 난리 났어. 봐."

친구들이 서연의 손에 휴대폰을 쥐여 주었다. 화면에 하트가 끊임없이 떠오르고 있었다. 수업 시작을 알리는 벨이 울렸고, 서연을 둘러싸고 있던 친구들은 흩어졌다. 서연도 자신의 자리로 돌아가 앉았다. 서연은 휴대폰을 가방 깊숙이 밀어 넣고, 수업이 끝날 때까지 한 번도 꺼내지 않았다. 친구들이 휴대폰은? 하고 물을 때면 배터리가 다 되었다고 거짓말을 했다.

학교가 끝나고 집에 돌아오자마자 서연은 현관에 쓰러지듯 가로누웠다. 위잉. 위잉. 윙. 아무도 없는 집은 너무나 조용해서 가방 안에 든 휴대폰의 진동음이 너무나 선명하게 울렸다. 더 이상 그 소리를 무시할 수 없던 서연은 가방을 끌어당겨 휴대폰을 꺼냈다. 화면 한가득 댓글 도착

알림이 떠 있었다. 인스타그램에 접속했다. 이제까지 받아 본 적 없는 수의 하트가 하연의 사진 아래 표시되어 있었다. 가장 상위에 올라온 댓글이 서연을 덮쳤다.

- 이하연 사진이 왜 여기? 혹시 자매?
- 이하연 사진 왜 올림? 일반인하고 연예인 차이 실감해 보라는 건가.
- 진짜 자매면 유전자 몰빵이네. 내 언니가 이하연이면 난 자살했음. 비교돼서 어떻게 사냐.

휴대폰을 던져 버리고 싶었다. 그러나 마음과는 다르게 서연은 게시물 아래 달린 댓글을 모두 읽었다. 수많은 댓글 대부분이 상단에 달린 댓글들의 내용과 크게 다르지 않았다. 끊임없이 이어지는 댓글과 거기에 태그된 수많은 아이디의 수만큼 서연의 마음에 생채기가 늘어났다. 남은 반창고는 없었고, 서연의 반창고 상자였던 인스타그램은 이제까지 주었던 것을 거두어 가듯 날카로운 칼날이 되어 마음을 마구 베었다.

> 특별 발신. 전송자 채린. I필터 앱에 접속할 자격을 갖춘 스페셜한 당신에게.

휴대폰을 치켜든 팔이 저려 올 때 즈음, 메시지 한 통이 화면 위로 떴다. 평소라면 스팸이겠지 싶어 무시했을 문자를 확인한 건 거기에 적힌 이름 때문이었다.

채린. 1년 전까지 서연의 단짝이었던 아이.

그때 서연과 채린은 반이 달랐음에도 매일 붙어 다녔다. '어떤 사건'이 일어나기 전까지만 해도 그랬다. '어떤 사건' 이후 채린은 완전히 다른 사람이 되었고, 누가 말을 걸어도 대답하지도 웃지도 않는 아이가 되었다. 채린을 이해하자던 친구들도 계속되는 무시에 하나둘씩 등을 돌렸다. 서연 역시 버티고 버티다 결국 채린에게 말을 걸지 않게 되었다. 반응 없는 친구의 곁을 지키는 건 생각보다 힘든 일이었다. 네가 어떻게 나한테까지 이래, 하는 서운함도 컸다.

1년이 지난 지금, 채린은 학교에서 그림자 취급을 받고 있다. 한마디 말도 하지 않고, 말을 거는 사람도 없이 스르르 나타났다가 스르르 사라지는 아이. 그렇지만 서연은 가끔씩 눈으로 채린을 쫓았다. 채린의 카톡 아이디도 삭제하지 않았고, 전화번호도 그대로 저장한 채였다. '어떤 사건'이 있던 날의 기억 때문이다. 그날 서연은 셀카를 찍던 중에 채린에게서 메시지를 받았다. 나를 도와줘. 짧은 한 줄의 메시지. 그날따라 셀카가 잘 찍히지 않아 속이 상했던 서연은 그 메시지를 무시했다. 이것만 찍고 답장을 보내자고 생각했다. '어떤 사건'이 일어난 후 서연은 종종 후회했다. 그때 바로 답장을 보냈으면 무언가 달라졌을까, 하고.

그래서인지 서연은 무언가에 이끌리듯 전송된 메시지의 링크를 눌렀다.

"뭐야, 이게. 앱 다운로드 링크잖아? 역시 광고였구나."

서연은 허탈하게 중얼거리면서도 사진 앱이라는 문구에 망설이지 않고 설치 버튼을 클릭했다. 곧 화면에 I필터라는 로고와 함께 이용 약관이 떴다. 서연은 평소처럼 이용 약관은 빠르게 넘겨 버렸다.

'이용 약관은 어느 앱이든 다 비슷한걸. 굳이 읽을 필요 없어.'

'설치하시겠습니까?'라는 질문에 체크를 한 뒤 실행 버튼을 누르자 앱은 금세 설치되었다.

'필터가 딱 하나 있는 거야? 고전적이네.'

서연은 누운 채 I필터로 사진을 찍었다. 큰 기대는 하지 않았다. 누워서 찍은 사진이 잘 나올 경우의 수라는 건 복권에 당첨될 확률만큼 희박한 법이다.

"엥? 이게…… 이게 진짜 나라고?"

서연은 벌떡 몸을 일으켜 앉아 다시 사진을 봤다. I필터로 찍은 사진 속 모습은 그야말로 완벽했다. 어떻게 보정을 해도 만들어 낼 수 없던 완벽한 얼굴이 그 안에 있었다.

'이 사진…… 언니보다 예쁜 것 같아.'

서연이 자신의 사진을 보며 감탄하고 있을 때였다. 현관문 번호 키를 누르는 소리가 나더니 하연이 문을 열고 들어왔다.

"깜짝이야. 서연아, 왜 현관 앞에 앉아 있어? 어디 아프니?"

서연은 자신을 걱정스럽게 바라보는 하연과, 휴대폰 화면 속 사진을 번갈아 보다가 하연에게 손짓을 했다.

"언니, 이리 와. 같이 셀카 찍자."

"정말? 나야 대환영이지! 우리 서연이가 나랑 사진 안 찍어 줘서 얼마나 섭섭했다고."

하연은 반색하며 신발을 벗고는 서연 옆에 찰싹 달라붙어 앉았다. 서연은 휴대폰을 높이 들고 카메라 버튼을 눌렀다. 찰칵. 서연은 황급히 사진을 확인했다. 사진 속 서연 자신의 얼굴은 역시나 예뻤다. 하연과 나란히 있어도 전혀 부족해 보이지 않을 정도로. 서연은 잠시 망설이다가 인스타그램 계정에 사진을 업로드했다. 곧 수많은 하트가 쏟아졌다.

   – 하연보다 더 예쁜데?

   – 이거 필터 뭐임? 앱 바꿨나? 아니면 보정 오지게 했거나.

   – 보정이라기엔 넘 자연스럽지 않음? 필터 쓴 거면 하연도 실물하고 다르게 찍혔어야지. 하연은 실물하고 똑같잖아.

   – 서연 님 예전 사진이 필터 잘못 써서 덜 예쁘게 찍힌 듯. 이게 실물인 듯.

   – 하연 동생분, 진짜 예뻐요. 언니보다 더욱더.

그토록 듣고 싶었지만 한 번도 들어 본 적 없던 말이 댓글 창에서 쏟아져 나왔다.

'최고잖아, 이 필터!'

서연의 얼굴에 배시시, 웃음이 피어났다.

3

이서연. 네가 올렸지. 사진.

친구들과의 단톡방에 글이 올라왔을 때, 서연은 셀카를 찍고 있었다. I필터를 사용한 지 일주일, 서연은 필터에 푹 빠졌다. I필터로 찍은 사진 속 서연은 언제나 완벽했다. 인스타그램에 쌓이는 하트의 수는 점점 더 늘어났고, 그 수만큼 서연은 더욱더 I필터에 집착하게 되었다. 예전에 인스타그램에 올렸던 사진은 전부 삭제했다. 피드를 전부 I필터로 찍은 사진으로만 채우고 싶었다. 무슨 앱을 쓰느냐는 친구들의 물음에 대답하기 싫어서 쉬는 시간에는 보건실에 갔다. 예전에는 마음에 드는 앱을 발견하면 친구들에게 추천하곤 했지만 I필터는 알려 주고 싶지 않았다.

'이건 특별한 사람을 위한 거니까. 링크에도 그렇게 쓰여 있었잖아.'

친구들과의 대화는 점점 줄어들었다. 점심시간에 밥을 먹을 때에도 휴대폰을 손에서 놓지 않았고, 주말에 놀러

가자고 하는 것도 마다했다. 한 장이라도 더 셀카를 찍고
싶었다.

> 이서연! 너, 계속 우리 말 씹을래?

> 얘 요즘 계속 이상하더니,
> 결국 이러네.

> 진희, 울고 난리 났어. 내일 학교에서
> 두고 봐.

서연은 카메라 촬영 버튼 누르기를 멈췄다. 화면에 연
이어 떠오르는 글이 심상치 않았다. 서연은 단톡방에 들
어갔다.

> 내가 왜? 너희 오늘 놀러 간 거 아냐?

서연이 던진 한마디에 친구들의 글이 우르르 쏟아졌다.
서연은 그중 누군가 올린 링크를 클릭해 보았다. '가면 늑
대'라고 쓰인 유튜브 채널 배너를 본 서연의 심장이 쿵, 내
려앉았다. '가면 늑대'는 서연도 잘 알고 있는 1인 인터넷

방송 진행자다. 다른 사람의 얼굴을 평가하는 이른바 얼평러. 플라스틱 늑대 가면을 쓰고 방송을 진행하는 콘셉트로 유명하다. 하지만 서연이 그를 아는 건 콘셉트 때문이 아니라 '어떤 사건' 때문이었다.

어떤 사건. 모두가 그 단어를 직접적으로 언급하기를 꺼렸다. '자살 시도'라는 그 말을.

1년 전이었다. 채린이 연습실 건물 옥상에서 뛰어내렸다. 그때 채린은 꽤 유명한 아이돌 기획사의 연습생이었다. 연말 평가에서 늘 좋은 점수를 받았고 곧 데뷔조에 들거란 소문이 떠도는 기대주. 무엇이든 잘하는 박채린. 그런 채린이 왜 자살 시도를 한 것인지 아무도 몰랐다. '가면 늑대'가 채린의 얼평 방송을 했고, 채린이 그것 때문에 스트레스를 받은 게 아니냐는 추측이 퍼지기 전까지는 그랬다. 어디까지나 추측이었다. 당사자인 채린은 입을 꼭 다물고 아무 말도 하지 않았다. '가면 늑대'는 엄청난 질타를 받았지만 그만큼의 유명세도 얻었다.

이 채널 링크는 왜 보내?

채린이가 내 단짝이었던 거, 너희도 알잖아. 서연은 짧은 문장 안에 분노를 눌러 담아 휴대폰 자판을 눌렀다.

> 커뮤니티에 사진 올린 거 너잖아.

사진이라니? 서연은 '가면 늑대'의 커뮤니티 게시판을 클릭했다. 타인의 얼굴 평가를 해 달라고 요청하는 글이 가득한 공간이다. 대부분 연예인 사진을 올리지만, 그중에는 주변 사람의 사진을 올리는 사람도 있다. 그 게시판의 맨 위에 서연의 친구, 진희의 사진이 있었다. '같은 반앤데 얼평 부탁. 자꾸 제 주제도 모르고 내 폰으로 사진 찍어서 미치겠음.'이라는 코멘트가 적혀 있었다.

'나 지금, 진희의 얼평을 요청한 걸로 오해받고 있는 거야?'

서연은 그제야 단톡방에서 오고 간 이야기를 이해했다.

> 나 아니야.

서연은 부들부들 떨리는 손으로 메시지를 입력했다.

뭐가 아냐. 저 사진, 진희가 네 폰으로 찍은 거잖아. 톡방에 올린 적도 없어. 진희도 안 가지고 있는 사진을 너 아니면 누가 올려?

나 진짜 아니라니까.

됐어. 서연이 너, 작작 좀 해.

학교에서 우리 아는 척도 하지 마.

그렇게 좋아하는 셀카나 끼고 살아.

저 글 알아서 지워라. 안 그러면 반 애들한테도 다 알릴 거야.

서연이 아무리 아니라고 해도 소용없었다. 채팅창에 '관리자가 회원님을 내보냈습니다.'라는 메시지가 떴다. 서연은 다급히 친구들 한 명 한 명에게 개별 메시지를 보냈다. '진짜 나 아니야.' 돌아오는 답은 없었다. 서연은 다른 인스타그램 계정도 모두 확인했다. 차단. 차단. 또 차단. 친구들은 서연의 모든 인스타그램를 차단한 상태였다. 서연은 진희에게 전화를 걸었다.

'받아. 좀 받으라고!'

서연은 자리에서 일어나 초조하게 방 안을 서성거렸다. 하지만 신호음만 이어질 뿐, 진희는 전화를 받지 않았다.

"진짜 나 아니라고! 왜 내 말을 듣지도 않는 건데!"

억울했다. 서연은 소리를 지르며 휴대폰을 던졌다. 휴대폰이 둔탁한 소리를 내며 침대 헤드에 부딪친 순간, 방문 밖에서 엄마의 고함 소리가 들려왔다.

"이서연, 시끄러워! 조용히 해!"

일요일에는 조용히. 그게 이 집의 규칙이었다. 엄마는 늘 바빴고, 일요일에는 동면하는 곰처럼 하루 종일 잠을 잤다. 그래서 서연은 일요일에는 늘 약속을 만들어 밖에 나갔다. 엄마의 휴식을 방해하지 않기 위해서. 약속이 없을 때면 도서관에 가서 심심하게 앉아 있다가 온 적도 있었다. 하지만 오늘은 그럴 수가 없었다. 서연은 휴대폰을 손에 꽉 움켜쥐고 방을 나갔다. 엄마는 거실 소파에 웅크리듯 누워 휴대폰을 보고 있었다.

"엄마, 나 할 말 있어요."

"뭔데?"

엄마는 서연에게 눈길도 주지 않았다. 서연은 하고 싶은 말이 정말로 많았다. 내가 왜 소리를 질렀는지는 궁금하지도 않아요? 시끄럽지 않은 게 더 중요해요? 언니가 소리 질렀을 때는 무슨 일이냐고 묻고 다독여 줬잖아요. 엄마는 자기 바쁜 것만 중요한 거죠? 엄마. 친구들이 다 나한테 화를 내요. 난 친구의 얼평을 신청하는 그런 애가 아니에요. 채린이를 생각하면 지금도 울고 싶어지는데 그런 짓을 할 리가 없잖아요. 친구들도 다 알 텐데, 내 말을 안 믿어 줘요. 내 전화도 안 받아요. 나 왕따가 될지도 몰라요. 당장 내일 학교 어떻게 가요? 엄마. 엄마. 엄마. 나 무서워요. 도와주세요.

하고 싶은 말이 너무 많아서 오히려 무슨 말을 먼저 꺼내야 좋을지 알 수 없었다. 서연이 한참 동안 아무 말도 없이 서 있자 엄마는 부스스 몸을 일으켜 과부하가 걸려 굳어 버린 서연의 어깨에 손을 얹었다.

"아무 일 없지? 난 서연이 믿어. 우리 서연이는 뭐든 알아서 잘하는 착한 아이잖아. 정말이지 서연이 덕에 한숨 돌린다니까. 회사 일에 하연이 뒷바라지까지 엄마 몸이 열 개라도 모자라. 알지? 우리 서연이는 다 이해하지?"

서연이 하려던 말은 엄마의 손짓에 휩쓸려 삼켜졌다.
착한 아이. 그 말을 들으면 착하게 굴어야만 했다. 그건 엄
마가 오래전에 서연에게 걸어 놓은 저주 같은 것이었다.
엄마는 다시 소파에 누우며 입술에 검지를 대 보였다.

"그래. 역시 우리 딸. 이제 나 잘 거니까 좀 더 조용히.
알았지?"

"예. 어차피 저 잠깐 나갔다 오려고 했어요."

"그래. 혹시 용돈 필요하면 내 지갑에서 꺼내 가."

서연은 몸을 돌려 집을 나왔다. 엘리베이터 버튼을 누르
고 그 앞에 쪼그려 앉은 채 셀카를 찍었다. 엘리베이터가
도착하고, 문이 열리고, 다시 닫혔다. 그러는 내내 서연은
수십 장의 셀카를 찍고, 찍은 셀카를 인스타그램에 업로드
했다. 서연은 쪼그려 앉은 채 하트가 쏟아지는 것을 지켜보
았다.

- 이서연 멘탈 봐라. 아무 일 없단 듯 셀카 올리는 거.

- 게시물이나 지워라. 당장.

- 필터 떡칠. 글 안 지우면 너 쌩얼 사진 올려 버린다.

친구들이 부계정으로 단 것이 분명한 댓글이 달렸지만,
곧 쏟아지는 다른 사람들의 댓글에 휩쓸려 아래로 밀려났

다. 서연은 친구들의 댓글을 찾아 삭제 버튼을 눌렀다. 댓글이 사라지자 현실의 문제도 모두 사라진 듯한 착각이 들었다. 수많은 하트가 모든 일을 덮어 줄 것만 같은 안도감. 서연은 셀카를 열 장 넘게 올리고 나서야 몸을 일으켰다.

'어디로 가지?'

갈 곳이 없었다. 도저히 도서관에 갈 기분은 아니었고, 그렇다고 놀이터에 처량하게 혼자 앉아 있고 싶지도 않았다. 결국 서연은 아파트 단지 안에 있는 슈퍼마켓으로 향했다. 일요일 오후의 슈퍼마켓은 서연의 외로운 어슬렁거림쯤은 눈에 띄지 않게 해 줄 정도로 붐볐다. 서연은 카트를 밀며 장을 보는 사람들 사이에 섞여 물건을 구경했다. 마트 한가운데 복숭아잼이 크리스마스트리처럼 쌓여 있었다. '특별 프로모션! 유럽 납작 복숭아로 만든 스페셜 잼'이란 문구가 쓰인 푯말이 서 있었다. 서연은 아무것도 바르지 않은 토스트와, 지친 엄마의 모습을 다시 떠올렸다. 잼을 사 오는 건 언제나 엄마였고, 잼을 좋아하는 것도 엄마였다. 서연은 구경하던 진열대에서 몸을 돌리다가 흠칫 놀랐다. 진열대 너머 반대편에서 누군가 빠끔히 서연을 바라보고 있었다. 진열대의 좁은 틈 사이로 보이는 눈매가 어쩐지 낯이 익었다. 자신을 뚫어져라 바라보는 시선에 떠밀리듯 서연은 뒷걸음질을 쳤다.

"학생, 왜 그래? 괜찮아?"

발이 꼬여 비틀거린 서연을, 지나가던 아주머니가 붙잡아 주었다. 괜찮아? 하는 말에 엄마의 목소리가 겹쳐졌다. 아무 일 없지? 서연은 고개를 가로저었다.

"아니요."

와르르. 요란한 소리가 났다. 쌓여 있던 복숭아잼 병이 무너져 내렸고, 사람들이 웅성거렸다. 점장 명찰을 단 남자가 시뻘건 얼굴로 뛰어와 서연의 팔을 붙잡았다.

"여기 있네! 너, 왜 잼 병을 무너뜨리고 도망을 가? 학생 같은데, 저거 다 어쩔 거야!"

서연은 어리둥절했다. 서연을 붙잡아 주던 아주머니가 점장의 팔을 탁 쳤다.

"뭐 하는 거예요? 이 학생, 나랑 계속 같이 있었어요. 누가 뭘 무너뜨렸다고 그래. 사람 잘 봐요. 괜히 억울한 사람 만들지 말고!"

"아니, 제가 봤는데요. 얼굴이 분명 이 학생이었어요. 여기 반대편에서 손을 뻗다가 이쪽 잼 병을 넘어뜨렸다고요."

"이 학생은 아니라니까요."

점장과 아주머니 사이에 옥신각신 실랑이가 이어졌다. 서연은 범인으로 의심받는 당사자임에도 한마디도 할 수 없었다. 누구도 서연에게 네가 그랬냐고, 네가 아니라면 아니라고 말하라 하지 않았다. CCTV를 확인하고 나서야 소동은 일단락되었다. CCTV에는 아무도 찍혀 있지 않았다. 복숭아잼 병이 저절로 무너져 내리는 장면이 찍혀 있을 뿐이었다. CCTV를 몇 번이고 돌려 본 뒤에 점장은 멋쩍은 미소를 지으며 복숭아잼 한 병을 서연의 손에 쥐여 주었다.

"내가 잘못 봤나 보네. 학생, 이거라도 가지고 가."

서연은 복숭아잼 병을 던져 버리고 싶었다. 끝내 미안하다는 말 한마디 하지 않는 눈앞의 어른이 그저 미웠다. 그러나 그랬다가는 아파트 단지에 소문이 쫙 퍼질 터였다. 귀찮은 일이 생기지 않게. 착한 아이로. 이곳은 넓고도 좁은 곳이니 항상 행동을 조심해야 한다. 엄마와 아빠는 늘 그렇게 말했다. 하연이가 연예인으로 성공하려면 작은 소문 하나도 만들면 안 된다고.

서연은 복숭아잼 병을 손에 쥔 채 슈퍼마켓을 나왔다.

집에 돌아가니 엄마는 소파에서 잠들어 있었다. 서연은 복숭아잼 병을 식탁 한쪽에 올려 두었다.

'저게 폭발해 버리면 좋을 텐데.'

복숭아잼으로 범벅이 된 부엌의 벽을 보면 아빠와 엄마는 어떤 표정을 지을까. 서연은 병을 노려보다가 방으로 들어갔다.

'그 눈. 진열대 너머에서 나를 보던 사람은 대체 누구였을까?'

흡사 자신의 것인 듯 익숙했던 눈매가 서연의 눈앞에 어른거렸다. 어쩌면 그 애가 병 더미를 무너뜨린 건 아닐까. 그런 의문이 떠오른 건 잠깐이었다. 서연은 곧 휴대폰을 꺼내 셀카를 찍기 시작했다. 복숭아잼도, 자신과 눈매가 닮은 누군가에 대한 의문도 하트 아래 파묻혔다. 내일이면 학교에서 완벽한 외톨이가 될지도 모르는 불안함까지도.

4

발 없는 말이 천 리 간다. 그 속담은 잘못되었다고 서연은 급식실 구석에 홀로 앉아 생각했다. 그런 생각이라도 하지 않으면 그곳에 버티고 앉아 있을 수가 없었다. 서연은 혼자가 익숙하지 않았다.

사흘 전인 월요일 아침만 해도 일이 이렇게까지 될 줄은 몰랐다. '가면 늑대' 게시판에 진희의 사진을 올린 게 자신이 아니라는 것만 밝혀내면 될 줄 알았다. 누가 내 클라우드를 해킹한 건 아닐까. 휴대폰으로 찍은 사진은 다 거기에 자동으로 저장되니까. 아니면 애들 중에 내 휴대폰에서 진희의 사진을 자기 폰으로 옮겨 간 사람이 있을지도 몰라. 쉬는 시간이면 애들이 내 휴대폰을 마구 가져가는 거 다 알고 있으니까.

온갖 경우의 수를 곱씹으며 교실 문을 열자마자 싸늘한 공기가 서연을 덮쳤다. 친구들만이 아닌, 반 아이들 대부분이 서연을 차가운 눈빛으로 바라보았다. 서연은 가시처럼 옆얼굴을 찌르는 시선들을 애써 무시하며 자신의 자리로 향했다. 서연이 자리에 앉자마자 진희를 포함해 대여섯 명이 서연에게로 몰려왔다. "이서연, 너 왜 가면 늑대 채널의 글 안 내려?" "학교 대나무 숲에 반 애들 얼평 남긴 것도 너지? 익명으로 욕하고 싶었으면 너도 꺼서 했어야지. 너만 쏙 빼놓고 얼평을 하면, 나 이서연이라고 광고하는 거랑 뭐가 달라?" "서연이 너, 어제 옷 가게에서 왜 그랬어? 내가 옷 어울리나 봐 달라고 했더니 한참 보다가 갑자기 미친 듯이 웃고는 사라졌잖아. 옷이 나한테 안 어울리면 그렇다고 말을 하지, 창피하게 그랬어야 해?" "나한테는 떡볶이 집에서 자기가 살 것처럼 엄청 시키더니 갑자기 도망쳤어." 나 아니야. 그거 나 아니야. 난 어제 옷 가게도, 떡볶이 집도 간 적이 없어. 서연은 똑같은 말을 반복하며 고개를 가로저었고, 아이들은 화난 표정으로 서연의 곁을 떠났다.

"질린다, 이서연. 이 와중에도 셀카야?"

진희가 말했을 때에야, 서연은 자신이 휴대폰을 꺼내 I필터를 실행했음을 알았다. 휴대폰을 든 서연의 손이 덜덜 떨렸다. 진희는 뒤돌아섰고, 서연은 그대로 책상에 엎드렸다. 엎드린 채, 의미 없이 촬영 버튼을 눌렀다. 찍히는 것이라고는 납작하게 눌린 뺨과 책상뿐일 것을 알면서도 멈출 수가 없었다. 찰칵. 찰칵. 작은 소리마저 사라지면 완전히 혼자가 될 것만 같았다.

하지만 결국 혼자가 되었다.

'발 없는 말이 천 리를 간다고? 아니. 누군가 억지로 가게 하는 거야. 없는 사실을 진짜인 것처럼 만들어 내는 누군가가.'

서연은 이를 악물었다. 하루, 또 하루가 지날수록 점점 화가 났다. 서연은 반 아이들이 자신을 따돌리기 위해 없는 이야기를 지어냈다고 여겼다. 옷 가게도, 떡볶이 집도, 학교 게시판에 올라왔다는 글도. 어쩌면 진희가 직접 가면 늑대의 게시판에 자기 사진을 올린 건 아닐까. 하지만 왜? 대체 왜? 내가 뭔가 밉보일 일을 했나? 서연은 내내 고민했다. 하지만 아무리 기억을 더듬어도 떠오르는 것은 없었다. 물론 서연도 알았다. 따돌림에 이유 따윈 없다는 것을. 그저 다수가 약자로 점찍은 대상에게 행하는 일방적인 폭력이라는 것을. 서연은 자신이 '약자'로 보였다는 것을 인정할 수 없어 어떻게든 이유를 찾으려 했을 뿐이었다.

그래서 서연은 태연한 척하기로 했다. 괜찮은 척 연기를 하기로. 더 이상 책상에 엎드려 있지 않았고, 화장실에서 혼자 줄을 서도 주변을 두리번거리지 않았고, 매점 뒤에 숨어 빵을 먹지 않고 보란 듯이 급식실에 가서 밥을 먹었다. 괜찮지 않은데 괜찮은 척하는 것은 아주 많은 에너지가 필요한 일이었다. 집에 돌아가서는 충전이라도 하듯 침대에 누워 셀카를 찍었다. 더 많은 하트가, 더 많은 반창고가 필요했다.

'이 앱이 없었으면 하루도 버티지 못했을 거야.'

서연은 급식판 옆에 놓아둔 휴대폰을 집어 들어 I필터를 실행했다. 이제는 셀카가 아닌 풍경을 찍을 때도 I필터를 쓰는 게 당연해졌다. 서연은 급식실 안의 풍경을 한 장 찍었다.

"이서연, 너 I필터 써?"

서연은 흠칫 놀라 휴대폰을 탁자 위에 뒤집어 놓았다. 자기 뒤에 서 있는 사람을 본 서연의 눈이 휘둥그레 커졌다.

"채린아."

"그거, 이용 약관 잘 읽어 보는 게 좋을 거야."

채린은 그 말만 하고는 서연과 눈도 마주치지 않고 급식실 밖으로 나가 버렸다. 서연은 눈을 깜빡거리며 채린의 뒷모습만 바라보았다.

'1년만에 하는 말이…… 이용 약관? 무슨 소리지?'

서연은 휴대폰을 움켜쥐었다.

*　*　*

"하연이는 당신이 데리고 올 거지?"

"당연하지. 새벽같이 촬영 나간 우리 딸, 고이 모셔 와
야지."

서연은 멍하니 앞에 놓인 접시를 내려다봤다. 떠들썩한
아침 식탁이 낯설었다.

이틀 전, 하연이 드라마 오디션에 합격했다. 이전에도
몇 번 단역으로 드라마에 출연한 적은 있었지만 조연 자리
를 따낸 것은 처음이었다. 그것도 유명 각본가가 집필한,
하반기 최고 기대작으로 꼽히는 작품이었다. 조연이지만
주인공의 청소년 시절 배역이니 주연을 따낸 것과 다름없
다며 엄마와 아빠는 크게 기뻐했다. 서연은 엄마가 친척
들에게 전화를 걸어 자랑을 하는 것도, 그렇게 신난 목소
리로 떠드는 것도 처음 봤다. 서연이 전교 1등을 해도 친
척들에게 자랑 한 번 한 적 없던 엄마였다. 친척 중 한 명
이 축하 파티를 제안했고, 엄마와 아빠는 그 제안을 흔쾌

히 받아들였다.

이틀 내내, 엄마와 아빠는 파티 준비로 매우 바빴다. 그리고 그 이틀 동안 서연은 더욱 많은 소문에 시달렸다. 소문 속 서연은 온갖 곳에 나타나 거침없이 말하고 행동한 뒤 사라졌다. 소문 속 서연이 자유로워질수록, 현실의 서연은 점점 더 고립되었다.

"서연아, 듣고 있어? 언니 축하 파티, 오늘 저녁 6시에 W호텔 레스토랑이다."

"아빠, 그런데 나……."

서연은 자기 아랫배를 살짝 눌러 보았다. 배가 아팠다. 잠에서 깨어났을 때부터 배 안쪽을 바늘로 찌르는 듯한 통증이 계속 이어졌다.

"학교 끝나고 바로 그쪽으로 와."

아빠는 서연의 말허리를 툭 자르고 자리에서 일어났다. 서연은 토스트 한 귀퉁이를 떼어 내 입에 넣었다. 토스트에는 아무것도 발라져 있지 않았다. 서연은 맞은편, 엄마의 접시 위를 봤다. 엄마의 토스트도 마찬가지였다.

"엄마, 잼은? 복숭아잼. 여기 놔뒀는데."

"그거? 혹시라도 하연이가 먹을까 봐 버렸지. 하연이 복숭아 알레르기 있잖아. 설마 그거 서연이, 네가 사 온 거야? 너, 언니 알레르기 있는 거 몰라?"

"언니가 생과일만 아니면 괜찮다고 했는데."

그리고 나는 알레르기 없어. 엄마도 없잖아. 서연은 남은 말을 토스트 조각과 함께 씹어 삼켰다. 음식물이 넘어가자 배가 조금 덜 아픈 것도 같았다. 서연은 묵묵히 토스트 하나를 다 먹고, 학교에 갔다. 교문을 본 순간 또다시 배가 아파 왔다. 교실에 가까워질수록 통증은 점점 더 심해지기만 했다. 서연은 책상에 엎드려 점심시간까지 버티다가 결국 아빠에게 메시지를 보냈다.

> 아빠, 나 배가 너무 아파. 조퇴해도 돼요?
> 데리러 와 줄 수 있어요?

답이 없었다. 서연은 점심시간이 끝날 때까지 두어 번 더 메시지를 보냈고, 전화를 걸었다. 전화도 받지 않았다. 서연은 결국 학교 수업이 모두 끝날 때까지 견디다가 아픈 아랫배를 부여잡고 집으로 갔다. 가자마자 침대에 쓰러지듯 누워 잠이 들었다.

"이서연, 당장 나와! 어디서 그딴 식으로 굴어!"

몇 시간이나 지났을까. 서연은 현관문 열리는 소리와 아빠의 화난 목소리에 잠에서 깨어났다. 배는 여전히 아팠다. 서연은 아랫배를 한 손으로 꾹꾹 누르며 방문을 살짝 열고 밖을 살폈다.

"지가 아프면 얼마나 아프다고. 아니, 아프면 집에서 푹 쉬면 될걸 왜 와서 그 난동을 부려? 이서연, 당장 안 나와? 나와서 잘못했다고 빌어!"

좁은 방문 틈으로, 아빠가 바닥에 옷을 던지는 모습이 보였다. 엄마의 칼날 같은 목소리가 그 위에 더해졌다.

"집에 없겠지. 그 난리를 쳤는데 집에 들어와 있겠어? 진짜 창피해서. 우리가 무슨 편애를 했다고, 그 좋은 자리에 와서 케이크를 던져? 친척들이 우리가 애를 학대하기라도 한 줄 알았을 거 아냐."

서연은 다시 방문을 닫고 문에 기대어 앉았다. 가슴이 두근거렸다. 어느새 완전히 깜깜해진 창밖에서는 조금의 불빛도 새어 들어오지 않았다.

'내가 파티에 가서 케이크를 던졌다고? 내가? 그래서 아빠랑 엄마가 저렇게 화가 난 거고?'

당장 거실로 뛰어나가서 내가 한 게 아니라고 말하고 싶었다. 나는 계속 자고 있었다고, 아파서 꼼짝도 못 했다고, 내가 아프다는 메시지 보낸 거 못 봤냐고 따져 묻고 싶었다. 그러나 아니라고 말할수록 더욱더 차갑게 변해 가던 친구들의 표정이 떠올라, 서연은 방문 손잡이를 쉬이 잡을 수가 없었다.

'진짜 내가 그랬나? 나, 혹시 몽유병 같은 거 걸린 거 아냐? 그런 병에 걸리면 잠결에 뭘 하는지 자기 자신도 모르게 된다잖아. 진짜 내가, 나도 모르는 사이에 얼평 게시판에 진희 사진을 올리고, 오늘 파티에서 난동도 부린 거라면……'

이제껏 한 번도 해 본 적 없던 생각이 서연의 머리를 쳤다. 내가 아닌 게 아니라면. 서연은 덜덜 떨리는 두 손을 꽉 움켜잡았다. 병에 걸린 것일지도 모른다는 가정은 또 다른 공포를 불러일으켰다. 서연은 무릎에 고개를 파묻었다.

"그거 서연이 아니야."

닫힌 방문 너머에서, 하연의 목소리가 또렷하게 들렸다. 서연은 살짝 고개를 들었다.

"무슨 소리야. 하연이 너도 봤잖아."

"그래 봤어. 아빠, 엄마, 왜 그래요? 서연이 아니었잖아요. 그 사람, 우리 서연이 아니었다고. 그보다 아빠, 서연이가 아프다는 메시지 보낸 거 왜 말 안 했어요? 어떻게 애가 아픈데 데리러 안 가요? 파티 열 생각을 해요?"

"하연아, 진정해. 아빠도 서연이 메시지, 호텔에 도착한 후에야 봤어."

서연은 조금 더 고개를 들었다. 시큰해진 코끝을 훌쩍거리며 아주 살짝, 조심스럽게 방문을 열었다. 틈 사이로 모자를 눌러쓰는 하연의 뒷모습이 보였다.

"하연아, 어디 가려고 그래?"

"서연이 찾으러. 아파서 어디 쓰러져 있으면 어떡해요."

"그럴 리 없잖아. 그렇게 난리를 친 애가."

"그거 서연이 아니라고요! 아빠랑 엄마, 둘 다 이상한 소리 좀 그만해요!"

하연이 엄마와 아빠에게 화를 내는 것을 처음 봤다. 곧 하연과 엄마와 아빠 모두가 서연의 시야에서 사라졌다. 하연을 달래는 부모님의 목소리와 현관문 닫히는 소리가 들렸다. 서연은 몸을 일으켜 침대로 향했다. 침대에 놓아둔 휴대폰을 집어 들고 꾹꾹 메시지를 썼다. 조금씩 다시 몰려오던 통증이, 곧 온몸을 집어삼킬 듯한 아픔으로 변했다. 전송. 서연은 간신히 메시지를 보내자마자 정신을 잃었다.

> 그거 나 아냐. 진짜야.
> 언니, 나 방에 있어.

5

"거울 안에서 손이 쑥 나와 그 아이를 끌고 들어갔지. 아이는 비명을 지르며 버텼지만 소용없었어. 거울 안에서 나타난 손은 아주 힘이 셌어. 거울 안으로 끌려 들어가는 아이는 보고 말았어. 자신과 똑같이 생긴 아이가 거울 밖에서 거울 안의 자신을 보면서 웃고 있는 걸."

"뭐야. 시시해. 난 더 엄청난 귀신일 줄 알았더니."

"서연이 넌 이게 안 무서워? 거울 귀신한테 끌려가면 다시는 원래 있던 곳으로 못 돌아오는데? 귀신이 너인 척하는 걸 거울 안에서 보고만 있어야 하는데도? 사람들은 다 귀신이 너인 줄 알 거야."

"난 아무리 거울을 봐도 귀신한테 안 끌려갈 자신 있어."

"왜?"

"거울 귀신 걔도 자기 살 곳 정하는 건데, 이왕이면 사랑 많이 받는 애 자리를 빼앗고 싶을 거 아냐."

"서연아, 엄마가 너한테 화낸 거, 네가 미워서 그런 거 아냐. 회사 일 때문에 예민해져서 그래. 그래도 엄마가 잘못한 건 맞지만."

"아냐. 내가 언니처럼 예쁘고 자랑할 만한 애였으면 엄마도 안 그랬겠지. 엄만 아무리 예민해도 언니한테는 안 그러잖아. 내가 나빠. 내가 언니처럼 예뻤어야 해."

"서연이 네가 왜 나빠? 난 내 동생이 얼마나 자랑스러운데. 세상에서 네가 최고야."

"언니는 내 심정 몰라. 아빠도 엄마도 언니만 사랑하는걸."

"그게 사랑일까."

"무슨 소리야?"

"서연아, 넌 내가 예쁘지 않아도 좋아해 줄 거지?"

"그러는 언니는 나 좋아해?"

"당연하지. 넌 내 동생이잖아. 네가 없었으면 난 지독하게 외로웠을 거야. 그리고 아빠와 엄마도 널 좋아해. 분명 그럴 거야."

"거짓말. 아빠랑 엄마는 거울 귀신이 별짓 안 해도, 개가 내가 아니라는 거 눈치 못 챌걸. 거울 귀신이 나한테 온다면 그건 분명 사람들을 속이는 게 덜 힘들어서야. 다들 날 쉽게 잊어버릴 테니까."

"서연아, 언니는 절대 너 안 잊어버려. 어떤 귀신이 와도 안 속을게."

"거짓말."

"진짜야. 약속할게."

언니, 약속 지킬 거지? 나, 고백할 게 있어. 사실은 나, 언니가 너무 미워. 언니가 진짜 못된 사람이었으면 더 좋았을 거라고, 그럼 마음껏 미워할 수 있을 거라는 생각을 얼마나 많이 했는지 몰라. 언니가 나에게 못되게 굴면 아예 불쌍한 척이라도 할 수 있을 텐데, 너무 잘해 주니까 그럴 수도 없잖아. 그래서 언니가 더 미웠어. 나, 참 못됐지. 그렇다고 약속 안 지키면 안 돼. 진짜 귀신이 나타난 건지도 모른단 말이야. 사람들이 자꾸 내가 하지도 않은 일을 했다고 해. 그거 진짜 나 아닌데. 나, 아니야. 진짜 아니야.

"서연아, 정신이 들어?"

따뜻한 손이 서연의 이마를 어루만졌다. 서연은 간신히 눈꺼풀을 밀어 올렸다. 꿈인지 아닌지 모르게 모든 것이 몽롱했다. 뿌옇게 김이 서린 듯한 서연의 눈동자에 비친 것은 잔뜩 찡그린 하연의 얼굴이었다.

*　　*　　*

스트레스성 위염. 그게 서연에게 내려진 진단이었다. 서연의 부모는 절대 안정을 취하라는 의사의 말에 입을 굳게 다물었다. 서연에게 호텔에서의 일을 캐묻지도 않았고, 학교를 며칠간 쉬고 싶다는 서연의 말도 순순히 허락해 주었다. 그리고 서연에게 무슨 일이 있었냐고도 묻지 않았다. 평소와 다름없었고, 그것이 서연은 안심이 되면서도 슬펐다. 서연은 퇴원해 집에 돌아온 후 하루 종일 방에 틀어박혀 셀카만 찍었다. 하트가 쏟아졌다. 하지만 아무리 많은 '좋아요'를 받아도 이전처럼 마음이 채워지지 않았다.

'더 많은, 훨씬 더 많은 하트가 필요해.'

서연은 I필터의 카메라 버튼을 누르고 또 눌렀다.

"서연아, 나 광고 촬영 갈 건데 같이 가자. 간단한 거라 금방 끝날 거야."

다음 날 아침, 하연이 서연의 방에 들어와 이불을 들어 올렸다. 서연은 꾸물거리다 결국 하연을 따라나섰다. 촬영 스튜디오에 도착해 하연이 감독과 이야기를 나누는 동안, 서연은 스튜디오 한쪽에 서서 셀카를 찍어 인스타그램에 올렸다. '광고 촬영장? 동생 쪽도 데뷔?', '촬영장 부러워요.' 등등의 댓글이 달렸고, 이전보다 많은 하트가 쏟아졌다. 신이 난 서연이 이곳저곳을 돌아다니며 사진을 찍고 있을 때였다. 짧은 비명 소리가 들렸고, 스튜디오 안이 소란스러워졌다.

"여기 있어! 찾았다. 너, 무슨 짓이야!"

한 남자가 달려와 서연의 팔을 붙잡았다. 오고 가며 몇 번 인사를 나누었던 하연의 매니저였다. 무슨 일이냐고 물을 새도 없이 서연은 매니저의 억센 힘에 끌려갔다.

"애 맞죠?"

"맞아요. 걔가 하연이를 뒤에서 떠미는 걸 분명히 봤어요."

서연은 팔이 붙잡힌 채 주변을 둘러보았다. 스튜디오 바닥에 주저앉아 있는 하연을 사람들이 에워싸고 있었다.

"저기가 별로 안 높아서 다행이었죠. 안 그랬으면 큰일 날 뻔했어요."

"너, 하연이 동생이잖아. 왜 그랬어? 질투 나서 그런 거니? 뭐라고 말 좀 해 봐!"

또다. 또 이상한 일이 벌어졌다. 서연은 말해야 했다. 그건 내가 아니라고. 하지만 어른들의 성난 표정에 입술만 달달 떨릴 뿐이었다.

"그거 서연이 아니었어요."

서연의 눈가에 눈물이 차오르는 순간, 하연이 사람들을 밀치고 서연에게로 다가왔다. 확신에 찬 하연의 말에 매니저가 슬그머니 서연의 팔을 놓았다. 서연은 그래도 꼼짝달싹할 수 없었다. 슈퍼마켓에서 선반 너머로 자신을 바라보았던 눈과, 수많은 소문 속에 나타나는 또 다른 자신. 그리고 언니를 떠민 누군가. 정체 모를 누군가가 서연의 등에 찰싹 달라붙어 있는 것만 같았다.

"서연아, 이서연! 괜찮아?"

하연이 서연의 손을 꽉 붙잡았다. 그 손의 감촉에 서연은 퍼뜩 정신을 차렸다.

"이제 가자. 오늘 촬영 끝이야. 우리 맛있는 거 먹으러 가기로 했잖아."

스튜디오를 나온 두 사람은 근처 카페로 향했다. 자리를 잡고 앉아 음료를 주문하는 내내 하연은 서연의 손을 놓지 않았다.

"언니, 나 요즘 좀 이상해."

서연은 이때까지의 일을 단숨에 하연에게 털어놓았다.

"어쩐지 이상하다 했어. 호텔에서 난동 부린 거, 분명히 네가 아닌데 너라고 그러잖아."

"언니가 보기엔 누구였어? 어떻게 생긴 사람이 나인 척 한 거야?"

"어떻게 생겼다고는 말을 못 하겠어. 그냥…… 사람. 저기서 난동을 부리고 있는 게 사람이라는 건 알겠는데, 인상을 딱 집어서 말하라면 못 하겠어. 눈, 코, 입은 다 달려 있지만 그게 얼굴이라고 인식이 안 되는 거야. 꼭 달걀귀신처럼. 사람이긴 했을까, 그거?"

"오늘 언니를 민 사람도?"

"그건 몰라. 뒤돌아서 있어서 누군지 못 봤어."

"그런데 왜 나 아니라고 했어?"

"서연이 네가 그럴 리가 없으니까."

주문한 음료수가 나왔고, 잠시 대화가 끊겼다. 하연은 유리컵 안의 얼음을 빨대로 쿡쿡 찌르며 골똘히 생각에 잠겼다.

"서연아, 예전에 내가 거울 귀신 이야기 해 준 거 기억나니?"

"응."

"방송국에, 특이한 거울 귀신 괴담이 있어."

이건 한 아이돌 그룹에 얽힌 이야기야. 유리컵 속 얼음이 잘그락거리는 소리에 하연의 목소리가 섞여 들어갔다.

예전에 막 데뷔한 아이돌 그룹이 있었어. 그룹명은 'I(아이)'. 1인칭 대명사인 I는 자아 정체성이 강한 당당한 십 대를 대변하고, 동시에 어린아이를 뜻하는 '아이'로 발음됨으로써 십 대의 순수함을 동시에 드러낸다라는 게 소속사의 설명이야. 캐치프레이즈는 '내가 되는 너, 네가 되는 나'. 중소 기획사에서 선보인 걸 그룹이었지.

아이돌 그룹 한 팀이 데뷔하는 데 돈이 얼마나 드는지 알아? 진짜 어마어마하게 들어. 정작 멤버는 계약금 1,000만 원 정도밖에 못 받고, 경비 같은 것도 정산해야 해서 데뷔와 동시에 빚을 떠안는 경우도 있대. 그런데 그 애들, 연습생 기간이 7, 8년 정도로 길었다고 해. 대형 기획사에서 연습생 생활을 하다가 밀려난 애들이 지푸라기라도 잡는 심정으로 중소로 간 거지. 당연히 회사도 멤버도 필사적이었어. 회사는 기대를 많이 했던 것 같아. 연습생 기간에 이미 팬을 가진 멤버도 꽤 있었거든. 그 그룹 전용 카메라 앱인 I필터라는 것도 개발해서, 데뷔와 동시에 오픈을 했대. 가입하면 멤버와 채팅도 가능하고 멤버들 콘셉트를 딴 필터 사용이 가능한 앱이었지.

하지만 그 그룹의 데뷔 앨범은 초동 판매량이 2,000장을 간신히 넘겼어. 이게 망돌까진 아니어도 결코 좋은 성적은 아니거든. 아이돌 팬들 사이에서는 그게 멤버 A 때문이라는 의견이 우세했어. A는 가장 늦게 합류한 멤버였는데, 합류 때부터 말이 많았다고 해. 이유는 외모였어. A의 얼굴이 다른 멤버에 비해 평범하고 살이 쪘다는 이유로 몇몇 네티즌이 A를 욕하기 시작했지. 거기에 A가 앱을 개발한 회사 관계자의 딸이라는 소문이 돌아서 더욱 평이 나빠졌어. 아이돌은 '친근하지만 내가 될 수 없는 사람'을 꿈꾸게 해야 하잖아? 그 꿈에, 어른의 빽으로 성공한 청소년은 용납될 수 없었던 거지. '십 대도 뭐든 할 수 있다'를 외치는 아이돌 시장에서 그건 명백한 혐오 요소야.

데뷔 전부터 A를 제명하라는 해시태그 운동이 펼쳐졌어. 하지만 그룹 'T'는 멤버 변동 없이 그대로 데뷔했고, 그 반동으로 불매까지 이어졌다는 게 네티즌의 분석이었어. 그때부터 A의 무대 영상을 초 단위로 캡처하고, 얼굴을 우습게 편집해서 올리는 게 유행처럼 번졌어. I필터의 멤버와 팬들의 단챗방에도 그런 짤들이 엄청나게 올라왔지. 그 앱이 유료가 아니었던 것도 문제였어. 팬이 아니라 A를 조롱하는 데 재미를 붙인 네티즌이 우르르 몰려와서 온갖 욕을 남겼거든. A의 얼굴에 이상한 사진을 합성해서 채팅창을 도배했지.

그래도 A는 꿋꿋하게 활동했어. A가 가끔 단챗방에 글을 남겼는데, 전부 멤버들에 대한 거였대. '어떤 상황이라도 멤버들이 있으니 견딜 수 있어.' '가족 같은 우리 멤버들!' '멤버들 덕분에 외롭지 않아.' A는 팀 멤버를 정말 아꼈다고 해. 전 멤버의 생일을 챙겨 주고, 멤버들이 먹고 싶다는 게 있으면 다 사 주고, 선물도 주고.

네티즌은 A의 뒷조사도 했지. 데뷔 전에 학교에서 따돌림을 겪었고, 그 때문에 중학교 중퇴 후 검정고시를 봤고, 한동안 은둔형 외톨이로 지냈다는 사실이 인터넷을 통해 빠르게 퍼졌어. A가 멤버들에게 집착을 한다느니, A가 따돌림을 겪은 게 학폭 가해자였기 때문이라느니 소문에 살이 붙었지. 하지만 그 어떤 소문도 A를 상처 입히지 못하는 듯했어. A는 오히려 못난이 캐릭터를 내세우며 온갖 예능에 출현해 구박당하는 캐릭터로 활약했지. 어떻게든 팀의 노래를 한 번이라도 더 세상에 들려주려고, 무대를 따려고 노력한 거야. 그런 A의 노력마저도 조롱거리가 되었지. 튀지 못해 안달이다, 빽으로 들어와서 활동도 혼자만 한다, 더 예쁜 멤버가 예능에 나가야지 왜 네가 나가냐 등등.

꿋꿋했던 A가 공황 장애를 이유로 활동 중단을 발표한 건 '그 사건' 이후였어.

그 사건. 이른바 I필터 뒷담화 사건이야.

A를 제외한 그룹 I의 다른 멤버들이 I필터에 또 다른 채팅방을 만들어서 단체로 A를 욕한 거야. A만 나가면 우리 그룹 대박 날 수 있는데 왜 버티냐, A 얼굴만 보면 토 나온다, A 때문에 단체 컷이 엉망으로 찍힌다, A 얼굴이 필터로 찍힌 것처럼 바뀌면 얼마나 좋겠냐, 아예 A만 필터 컷으로 다 대체하면 안 되냐 등등. 멤버 중 몇 명은 팬들에게 A의 사진을 전송하고는 필터를 사용한 예쁜 얼굴하고 합성해 달라는 부탁까지 했다더라.

A는 한동안 그 사실을 모르다가, 한 예능 프로그램에서 멤버와 휴대폰을 바꾸어 메시지를 쓰는 미션을 하다 우연히 알게 되었어. 그 채팅방의 비번이 풀려 있었던 거지. A는 생방송 중 오열을 했어. 프로답지 못하다고 또 욕을 먹었고. 멤버들의 행동은 '십 대가 저지를 수 있는 실수'로 포장되어 큰 이슈가 되지 않고 덮였어. 소속사 입장에서는 A 때문에 다른 멤버 모두를 욕먹게 할 수는 없었겠지. 그랬다가는 그룹 해체가 수순이니까.

A가 활동 중단을 발표한 뒤로도 끊임없이 악플이 달렸어. 성형 수술을 하려고 활동 중단을 한 거다 등등. 그러다 충격적인 소식이 들려왔지.

A의 자살이었어.

A는 죽기 전, I필터 단챗방에 유서를 올렸어. 딱 두 줄이었대.

> 외로워. 너희의 악의가 나를 외롭게 만들어.

> 나는 나와 같은 외로운 것들을 위한 집이 되겠어.

이게 화제가 되면서 소속사는 컴백 준비를 앞당겼어. 잔인한 이야기지만 A의 죽음이 회사 입장에서는 좋은 기회에 지나지 않았던 거야. 멤버들은 기자 회견을 열어 A의 죽음을 애도했어. 십 대 애들이 충격이 크겠다, 불쌍하다 등등 동정 여론이 일어났어. 멤버들이 A를 따돌린 게 아니었냐는 이야기도 나왔지만, A가 원래 우울증이 있던 사실이 부각되어 금세 묻혀 버렸어.

동정 여론의 영향이었을까? 그룹 I의 컴백 앨범은 초동 3만 장을 찍었어. 첫 앨범과 비교해 무려 열 배 넘는 판매량이었지. 너도 알지? 걸 그룹 앨범이 초동 3만 장이면 앞으로 이 그룹은 안정적으로 간다는 인증을 받은 거나 다름없다는 거. 그룹 I는 이제부터가 진짜다, 하면서 팬들도 축하해 줬어. 축하 라이브 방송도 하고, 완전히 파티 분위기였지. A의 죽음은 어느새 잊혔어. 유서가 업로드되었던 **I필터** 앱은 잠정적으로 사용 중단되었지.

그런데 점점 이상한 일이 일어났어.

멤버들이 갑자기 자신이 이전에 저질렀던 잘못을 고백하기 시작한 거야. 한 멤버는 자기가 중학교 때 클럽에서 술을 마신 사진을 업로드했고, 한 멤버는 자기가 학폭을 저질렀던 사실을 라이브 중에 고백했어. 다른 멤버는 자신이 A에 대한 소문을 유포했다고 밝혔어. A가 학폭을 저질렀다거나 하는 잘못된 소문 말이야. 못생긴 A가 너무 싫었다고, 못생긴 팬들도 너무 싫다는 말까지 해서 파문이 크게 일었지. 활동을 시작하고 한 달도 안 되어서 일어난 일이야. 음악 방송 1위를 가느니 마느니 했던 인기는 금세 폭락했지.

어느 날 한 멤버가 한밤중에 라이브를 켜서 알 수 없는 말을 했어. 유일하게 아무런 고백도 하지 않은 멤버였지. 그 멤버는 울면서 A가 멤버들을 저주하고 있다고 했어. A의 사망 이후 **I필터** 앱에 로그인한 멤버들은 모두 앱에

서 나온 가짜에게 끌려가고 자기만 남았다는 거야. 갑자기 잘못들을 고백한 건 모두 그 가짜들이 한 일이라고. 이러다가 자기도 끌려가는 게 아닐까 무섭다고. 애초에 I필터 앱에 접속하지 말았어야 한다고. 링크가 적힌 문자가 와서 호기심에 열어 본 것뿐인데, 소원을 들어준다는 그 말을 무시할 수가 없었다고 말하면서 엉엉 울었다고 해. 그걸로 사진을 찍을수록 예뻐지고, 인기가 많아지는 것 같아서 참을 수가 없었다고.

라이브를 본 사람들은 무슨 헛소리냐고, 멤버들 잘못을 그런 식으로 덮어 주려고 하는 거냐고 비웃었지. 하지만 그중에는 호기심을 가지고 I필터 앱에 대해 조사한 사람도 있었어. 왜, 그런 사람들 있잖아. 루머 추적하는 개인 방송 하는 사람.

그 사람이 '저주받은 앱이 생겨났다?'라는 제목으로 영상을 공개했어. I필터 앱을 개발한 사람이 A의 자살 이후 한 달 뒤, 세상을 떠났다는 거야. 자살이었대. 개발자의 직장 동료들 인터뷰도 영상에 실렸어.

"자살한 사람이요? 외동딸하고 단둘이 지냈을걸요. 새 프로젝트를 시작할 때마다 울상이었죠. 프로젝트 하나 들어가면 야근은 기본이거든요. 딸이 외로움을 많이 타는데, 야근 때문에 함께 있어 주지를 못하니까 미안하다고 했어요."

"I필터 만들 때만은 얼굴이 환했죠. 그게 자기 딸을 위한 거라고, 딸이 이제는 외롭지 않을 거라고 신이 나 있었어요. 그 사람 딸이, 그 앱 의뢰한 기획사에서 아이돌로 데뷔했거든요. 엄청 유명한 그룹은 아니라서 모르실 수도 있겠지만. 아, 자살. 맞아요. 딸도 자살했죠. 그것 때문에 그 그룹이 유명해졌어요? 와⋯⋯. 세상일 참 이상하다니까."

"딸 먼저 보내고, 그 사람 완전 이상해졌지. 무단결근을 하더니 갑자기 출근해서 밤새 무언가를 하기도 하고, 용한 무당을 찾아다니기도 했는데, 딸을 잃은 슬픔에 방황하는 거겠거니 여겼어. 그런데 설마, 그런 선택을⋯⋯."

그 개발자는 유서를 남겼는데, 거기에는 이렇게만 쓰여 있었대.

복수할 것이다. 내 딸을 그렇게 만든 사람들에게.
I필터 앱은 사라지지 않아. 내 딸이 원하는 대로 영원한 집이 될 것이다.

멤버가 I필터 앱의 링크를 받았다는 건 어떻게 생각하냐는 질문에, 인터뷰를 한 사람은 이렇게 대답했어.

"그거 운영 중단됐거든요. 사실상 사이버불링에 사용된 거잖아요. 그걸 거를 장치를 해 놓지 않은 책임은 개발한 우리한테도 있고. 소속사에서도 서버 막아 달라는 요청이 왔어요. 그러니까 링크가 갔어도, 앱이 작동되었을 리가 없는데……. 한 가지 가능성은, 그 죽은 친구가 개인 서버를 열어서 링크가 간 경로로만 접속 가능하게 해 놓았을 수는 있죠."

그 영상이 공개되고 I필터 앱이 진짜 저주받은 앱이 된 게 아니냐고 난리가 났어. 이전에 앱을 다운받았던 사람들이 파일을 되살려서 접속해 보려고 했지만 존재하지 않는 앱이라는 문구만 떴대. 그런데 A에게 악플을 달았던 사람들 중에, 자기도 링크를 받았다는 글이 속속 올라오기 시작했지. 링크를 누르니 소원을 들어준다는 문구가 떴고, 그래서 앱을 실행했더니 나 아닌 내가 자꾸만 나타난다는 글이었어.

그러나 그 글들은 한 달이 지나기 전에 모두 지워졌어. 몇몇 사람은 자기가 그런 글을 썼던 건 관심을 끌려고 했던 거라는 반성문을 올리기도 했지. 사건은 그렇게 마무리되는 듯했어. 귀신 이야기에 민감한 방송국 내에서 I필터 앱은 또 다른 거울 괴담으로 변형되어 떠돌아다니게 되었지.

I필터 앱 링크를 받으면, 그 안에서 I가 나타나 당신의 자리를 빼앗는다.

그것이 I필터 앱 괴담이야.

'I필터 앱이라고?'

하연의 이야기를 듣고, 서연은 앞에 놓인 음료를 단숨에 마셨다. 목이 바짝바짝 타들어 갔다.

'게다가 똑같아. 그 링크를 받았다는 사람들이 올린 글.'

한 적 없는 일을 저지르고 다니는 또 다른 나. "이용 약관을 꼭 읽어 봐." 채린이 했던 말이 떠올랐다. 서연은 테이블 위에 놓아둔 휴대폰을 집어 들고 I필터를 실행했다.

"언니, 이것 좀 봐. 이 앱."

"잠깐만, 이거……. I필터? 너, 이거 링크를 받은 거야?"

"응. 나, 이거…… 실행해 버렸어."

하연이 다급히 서연의 손에서 휴대폰을 빼앗아 갔다.

"뭐야. '50장까지는 샘플로 Free. 이후부턴 사용자의 소원이 이루어지는 것으로 결제됩니다.' 이 이상한 약관은."

심각하게 휴대폰을 들여다보던 하연은 불안한 표정으로 서연을 봤다.

"서연아, 너 이거 언제 다운받았어? 50장 넘게 찍었어?"

"진즉에 넘었어. 근데 언니, I 멤버들은 어떻게 됐어?"

하연은 컵에 남은 얼음을 입에 털어 넣고 와작와작 씹었다. 유리잔의 절반쯤 차 있던 얼음을 다 씹어 삼킨 뒤에야 하연은 입을 열었다.

"인스타의 그 글은 금세 지워졌어. 그리고는 다들 개과천선이라도 한 것처럼 착해졌대. 방송계 사람들도, 그 아이들의 행동을 욕하던 사람들도 예전에 했던 이상한 행동은 다 잊어버린 것처럼 그 팀의 무대에 열렬히 환호했고. 그러다 음악 방송 1위 후보에 올랐는데……."

"올랐는데?"

"그 무대 하러 오는 길에 갑자기 모두 다 사라졌어. 행방불명."

서연과 하연은 누가 먼저라고 할 것 없이 서로를 마주보았다.

"서연아, 이 앱 삭제하자. 지금 당장."

서연은 고개를 끄덕거렸다. 그러나 손으로는 휴대폰을 꽉 움켜쥔 채였다.

'I필터가 사라지면…… 난 어떻게 하지?'

서연은 다시 한번, 이용 약관을 처음부터 끝까지 곱씹으며 읽었다.

'내 소원이 뭐지? 언니보다 예뻐지는 걸까……? I는 대체 뭐지? 언니가 봤다는, 달걀귀신 같다는 그 사람이 혹시 I였을까? 나와 I의 자리가 뒤바뀐다는 건 대체 무슨 뜻이지?'

읽을수록 머릿속에 물음표가 늘어날 뿐이었다. I필터를 당장 삭제하지 못하는 건 그 때문이라고, 서연은 자기 자신에게 변명을 했다. 불확실한 것이 너무 많아서. 그러나 진짜 이유는 딱 하나라는 걸, 누구보다도 서연 본인이 잘 알고 있었다.

서연이 I필터를 삭제하지 못하는 이유. I필터가 없으면, 누구도 '언니보다 더' 예쁘다고 하트를 눌러 주지 않을 테니까. 그 짧은 수식어가 서연에게는 너무 큰 유혹이었다.

6

틀림없다. 저건 I다.

자기와 얼굴이 똑같은 여자가 립글로스를 몰래 주머니에 넣는 것을 본 순간, 서연은 직감적으로 알았다. 매장 안쪽에서는 하연이 행사 부스에 앉아 팬에게 사인을 해 주고 있었다. 하연이 모델로 활동 중인 화장품 브랜드에서 주최한 팬 사인회 자리였다. 그런데 고작 100여 미터 떨어진 거리에 I가 있다니. 서연은 제자리에 굳은 듯 서서 I를 지켜보았다.

"저기 저 둘, 쌍둥이인가……?"

"쟤, 화장품 훔치고 있는 거 아냐?"

사람들의 수군거림에 서연은 자신의 양 뺨을 찰싹 소리가 나게 때렸다. 또다시 하지도 않은 일을 뒤집어쓸 순 없었다. 서연은 한 걸음씩 조심스럽게 I를 향해 다가갔다. 팔을 뻗으면 I를 잡을 수 있을 정도로 가까워졌을 때였다. 화장품을 만지작거리고 있던 I가 서연을 향해 휙 고개를 돌렸다. 서연과 눈이 마주친 순간 I는 히죽 웃었다.

"너, 너 대체 뭐야?"

서연이 목소리를 쥐어짜 내듯 힘겹게 물었다. I는 아무 말 없이 몸을 돌려 가게 입구 쪽으로 달아났다. I가 가게 문을 통과하자 경보음이 울렸고, 점원이 서연을 향해 다가왔다. 나, 아니에요. 그렇게 말해도 믿어 주지 않을 것을 알기에 서연도 뛰었다. 어떻게든 I를 붙잡아 묻고 싶었다. 대체 왜 나냐고. 왜 내가 그 링크를 받은 거냐고. 서연은 멀리 앞서 뛰는 I를 뒤따라 숨이 차도록 뛰었다. 상점가를 두 블록 지나 횡단보도 바로 앞, I는 깜빡거리는 초록 신호등 아래에서 서연을 기다리듯 서 있었다. 바쁘게 횡단보도를 뛰어 건너는 사람들 틈에서 그곳만이 시간이 멈춘 듯 보였다.

"왜? 왜 나야?"

서연은 거친 숨을 몰아쉬며 I에게 달려들어 멱살을 잡았다. I는 양팔을 뻗어 서연의 등을 끌어안았다. 목덜미에 스치는 I의 손등은 도저히 인간의 것이라고 착각할 수 없을 정도로 차가웠다. 서연은 그 감촉에 흠칫 놀라 I의 멱살을 놓았다. 반대로 I는 더욱 힘주어 서연을 끌어안았다.

"너의 욕망이 나를 불러낸 거야."

서연은 I의 품에서 벗어나려고 몸부림쳤다. 하지만 소용없었다. I는 더욱 단단히 서연의 몸통을 옭아매었다.

"자, 다른 건 다 잊어. 말해 봐. 진짜 네 소원을. 뭐든 내가 이루어 줄 수 있어."

귓가에 속삭이는 I의 목소리는 졸릴 때 듣는 자장가 같았다. 하나. 둘. 셋. 서연은 금방이라도 달콤한 꿈에 빠질 것만 같은 몽롱함에 사로잡혔다. 자신이 왜 I를 뒤쫓아 왔는지, 지금 자신이 있는 곳이 어디인지도 까맣게 잊어버렸다.

'내 욕망? 소원? 진짜 내가 이루고 싶은 거……. 그게 뭐지?'

언니처럼 예뻐지고 싶다? 물론 그것도 중요하다. 왜냐하면…….

"언니만큼 사랑받고 싶어."

언니처럼 예뻐져야 사랑받을 수 있으니까. 그만큼 사랑받으면 착한 척하며 진짜 하고 싶은 말을 삼키지 않아도 될 테니까. 착한 아이 행세를 그만두고 싶다. 그것이, 서연의 진짜 욕망이었다.

"그래. 네가 I필터를 지우지 않았을 때 확신했어. 넌 내게 딱 맞는 타깃이야."

I가 서연을 껴안은 팔을 풀었다. I의 품에서 벗어난 서연은 잠시 눈을 깜빡거리며 서 있었다. 신호등이 빨간불로 변해 있었다. 아주 짧고 깊은 잠이 들었다가 깨어난 듯했다. 분명 앞에 있던 I도 연기처럼 사라지고 없었다.

서연은 터덜터덜 화장품 가게로 돌아갔다. 가게 입구에 앰뷸런스가 서 있었다. 웅성거리는 사람들 틈으로 하연이 들것에 실려 이송되는 모습이 보였다.

"언니……?"

대체 무슨 일이 일어난 것일까. 눈앞에서 벌어지고 있는 일이 현실 같지가 않았다. 가게 안에서 뛰어나온 하연의 매니저가 서연의 어깨를 두드렸다.

"서연아, 잘했다. 아저씨가 같이 갈게. 부모님께도 연락했어. 남은 일은 어른들이 알아서 할게. 걱정하지 말고 집에 가서 푹 쉬어. 알았지?"

서연은 매니저의 말 중 무엇도 이해할 수 없었기에 아무런 대답도 할 수 없었다. 매니저는 앰뷸런스에 올라탔고, 매장 관계자가 나와서 택시를 불러 주었다. 서연은 떠밀리듯 택시에 탔다.

집에는 아무도 없었다. 서연은 현관에 들어서자마자 주저앉았다. 주머니 속 휴대폰은 택시 안에서부터 끊임없이 울려 댔다.

> 서연아, 기사 뜬 거 봤어.
> 안 다쳤어?

> 너, 학교 안 온 동안 걱정 많이 했어.
> 연락 못 해서 미안해.

> 가면 늑대 게시판에 진희 사진
> 올린 사람 잡혔대.

> 클라우드 해킹해서 여자 사진 모으는
> 사람이래. 끔찍해.
> 서연아, 오해해서 미안해.

쫓겨났던 단톡방에 서연이 초대되어 있었다. 서연의 인스타그램에도 댓글이 쏟아졌다. 모두가 서연을 걱정하고, 칭찬했다.

"뭐야, 이 기사는."

사람들이 올린 수많은 링크에는 싱크홀이 생긴 화장품 가게의 바닥과, 그 안으로 빠질 뻔한 하연을 구해 내는 서연의 모습이 사진으로 실려 있었다.

"이건 내가 아니야."

서연의 중얼거림은 급하게 문을 여는 소리에 파묻혔다.

"서연아! 넌 괜찮아?"

뛰어 들어온 엄마가 와락, 서연을 끌어안았다. 뒤이어 들어온 아빠는 서연의 등을 다독거렸다.

"언니는 괜찮아. 다리를 좀 다쳤는데, 혹시 몰라서 정밀 검사 받고 일주일쯤 입원하기로 했어. 정말 장하다. 서연이, 우리 딸이 그렇게 용감했다니."

우리 딸. 그 울림은 달콤했고 등을 감싸 안은 손길은 너무나 따뜻했다. 오직 언니에게만 향하던 애정이 자신의 것이 된 순간, 서연은 차마 말할 수 없었다. 그건 내가 아니야. 그 한마디의 진실을. 서연은 늘어뜨리고 있던 팔을 들어 엄마의 등을 마주 끌어안았다. 그때 서연은 자신의 손가락 끝이 투명하게 변한 것을 보았다. 놀란 서연은 엄마의 어깨 너머로 손을 들어 살펴보았다. 손가락은 모두 멀쩡했다.

'잘못 본 거겠지⋯⋯?'

서연은 안심하고 엄마의 등을 껴안았다. 말해 봐. 진짜
네 소원을. 귓가에 불안하게 너울거리는 I의 목소리를 지
워 내기 위해 더욱 꽉 힘주어 끌어안았다.

* * *

일주일 만의 등교였다. 서연은 긴장한 발걸음으로 교실
로 향했다.

'오해는 다 풀렸으니까, 괜찮을 거야.'

서연은 심호흡을 하며 교실 문을 열었다. 떠들썩한 교
실 안, 서연이 본 것은 I였다. 이번에는 서연과 똑같은 얼
굴이 아니었다. 그럼에도 서연은 한눈에 교실에 앉아 있
는 것이 I라는 것을 알 수 있었다. I의 얼굴. 그건 I필터로
찍었던 사진 속 서연의 얼굴이었다. 서연과 닮았지만 훨
씬 예쁘고 완벽한 얼굴. I는 그 얼굴로 서연의 자리에 앉
아 친구들과 수다를 떨며 웃고 있었다. 서연은 교실 문턱
에 멈춰 섰다.

'왜? 왜 다들 저 애를 이상하게 여기지 않는 거야? 저 얼

굴은 내 인스타그램 속에만 있어야 하는 거잖아. 내가 I필터로 찍은 사진을 올릴 때마다 보정이 너무 심한 거 아니냐고 빈정대곤 했잖아. 그런데 왜 다들 저 괴물과 친구라도 되는 것처럼 굴고 있는 건데?'

I가 교실에 있는 것도, 친구들이 I와 친근하게 대화를 하고 있는 것도 모든 상황이 연극인 듯했다. 모두가 한통속이 되어 연기를 하며 유일한 관객인 자신을 속이고 있는 것만 같았다.

"서연아, 학교 나왔네! 괜찮아?"

뒤에서 누군가 서연을 불렀다. 뒤돌아보니 서연의 친구가 걱정스러운 표정으로 다가왔다. 이름을 불리는 것이 이토록 반가운 일이라니. 서연은 친구를 향해 손을 뻗었다.

"응. 나, 괜찮아."

하지만 친구는 서연을 무심히 지나 교실 안 I의 옆에 가 섰다.

"저기 교실 문에 서 있는 애 누구더라? 서연아, 너 아는 사람이야?"

친구는 손끝으로 서연을 가리켰다. I가 고개를 돌려 문

쪽을 봤다. 서연과 눈이 마주친 I가 벙긋벙긋 입 모양으로
말했다.

여긴 이젠 내 자리야.

서연은 뒷걸음질 쳤다. I는 히죽 웃으며 다시 고개를 돌
렸다.

"아니, 난 모르는 앤데."

"그렇지? 이상하게 낯이 익네. 서연아, 너 새로 올린 셀
카 진짜 예쁘더라."

셀카? 서연은 한 발 더 뒷걸음질 치며 휴대폰을 꺼냈다.
자신의 인스타그램에 셀카가 업로드되어 있는 것을 본 순
간, 서연은 더 이상 견딜 수가 없었다. 교실에, 복도에, 학
교에 있는 모든 사람이 여기에 더 이상 네 자리는 없다고
소리치는 것만 같았다.

서연은 몸을 돌려 뛰었다. 도망쳤다. 등 뒤로 I가 계속
쫓아올 것만 같아서 뛰고 또 뛰었다. 학교 건물을 나와 운
동장을 가로질러, 교문 밖으로 나갈 때까지 누구도 서연을
불러 세우지 않았다.

7

서연은 이불을 뒤집어쓰고 앉아 자신의 인스타그램 피드를 끊임없이 새로고침했다. 그때마다 피드에는 서연이 올린 적 없는 사진이 떴다. I필터로 찍은 예쁜 사진이. 수많은 '좋아요'와 댓글이 사진 아래 줄줄이 이어졌지만 누구도 그게 서연이 아니라고 말하지 않았다. 서연은 피드를 아래로 쭉 내려, 예전에 자신이 올린 사진을 보았다. I가 올린 사진과 똑같은 얼굴이 사진 속에서 웃고 있었다.

'이 얼굴은 내가 아니야. 내가 아닌데……. 내가 올렸잖아.'

인스타그램를 통해서만 서연을 아는 사람들에겐 I의 얼굴이 서연인 것이다. 서연은 잠시 망설이다가, 휴대폰 기본 카메라로 셀카를 찍었다. 어떤 필터도 적용하지 않고 보정도 하지 않은 사진 속 얼굴이 낯설었다. I필터로 찍은 사진과 비교하면 더욱 그랬다. 붉은 여드름 흔적이 남은 피부와 잡티 하나 없이 매끈한 피부. 살짝 둥그런 코끝과 오똑한 콧날. 약간 돌출된 턱과 그린 듯 날렵한 턱. 비교하며 볼수록 보정하지 않은 사진 속 사람과 I필터로 찍은 사진 속의 사람은 완전히 다른 사람이었다. 서연은 '이게 진짜 나예요.'라는 짧은 멘트와 함께 기본 카메라로 찍은 사진을 인스타그램에 올렸다.

　- 뭐야, 이건. 계정 해킹당함?

　- 아무리 필터를 써도 기본이라는 게 있지. 이건 완전

　　딴사람이잖아.

　- 안티인가 봄. 신고해, 신고.

주르르 달리는 댓글에, 서연은 인스타그램 창을 닫았다.

'지워야 해. 더 이상은 안 돼.'

이러다가는 정말로 I가 자신의 자리를 모두 빼앗아 버릴 것이다. 서연은 휴대폰을 꽉 움켜잡고 화면 속 I필터 아이콘을 노려보았다. 앱을 삭제하는 건 쉬운 일이다. 아이콘을 꾹 누른 후 '삭제' 버튼을 선택하면 그만이다. 그러나 서연의 손가락은 아이콘 위를 빙빙 돌 뿐이었다. 다시는 그 소원을 이룰 수 없게 된다는 약관의 구절이 자꾸만 손가락을 멈추게 만들었다.

'이걸 삭제하면 다시는 언니처럼 사랑받을 수 없어.'

서연이 계속 망설이고 있을 때, 현관의 번호 키 누르는 소리가 났다. 서연은 시간을 확인했다. 엄마와 아빠가 언니의 퇴원을 준비하러 집에 온 것이 분명했다. 서연은 이불을 박차고 현관으로 달려 나갔다.

'아빠랑 엄마는 분명 날 알아볼 거야.'

서연은 번호 키 누르는 소리가 채 끝나기도 전에 현관문을 열었다. 그러나 문밖에 서 있는 것은 엄마와 아빠가 아닌 I였다.

"네가 왜……."

I는 아무 대답 없이 서연을 밀치고 집 안으로 들어오려 했다. 서연은 I의 앞을 몸으로 막아섰다.

"네가 왜 우리 집에 온 거냐고!"

"여기가 왜 네 집이니? 내 집이지."

여기가 왜 네 집이야. 서연이 그렇게 말하려던 때, 엘리베이터 문이 열렸다.

"서연아, 학교는? 걔는 친구니?"

엘리베이터에서 내린 엄마가 서연과 I를 번갈아 바라보았다. 엄마의 목소리에 서연은 금방이라도 눈물이 날 것만 같았다. 서연이 엄마, 하고 부르려는데 I가 뒤돌아서 엄마를 보며 웃었다.

"같은 반 애요. 몸이 안 좋아서 얘가 데려다줬어요. 지금은 괜찮아요. 아빠는요?"

서연은 엄마가 I를 쫓아낼 거라고 믿었다. 무슨 소리냐고, 네가 왜 나를 엄마라고 부르냐고. 그러나 엄마는 I를 더없이 상냥한 눈빛으로 바라볼 뿐이었다.

"아빠는 언니 태우고 오는 중이야. 엄마는 회사에서 곧장 집으로 왔어. 죽도 사 왔지. 들어가자. 친구도 잠깐 들어왔다 가렴. 과일이라도 깎아 줄게. 친구는 이름이 뭐니?"

서연은 I를 밀치고 집 밖으로 뛰쳐나왔다. 엘리베이터를 탈 생각도 하지 못했다. 정신없이 계단을 뛰어 내려갔다. 자신을 알아보지 못하는 엄마와 조금이라도 빨리 멀어지고 싶은 생각뿐이었다.

'누구든, 누구든 좋아. 날 알아봐 줘.'

서연은 계단을 뛰어 내려가며 빌었다. 숨이 차올랐지만 그대로 뛰어 아파트 정문을 벗어났다. 매일 아침 인사를 받아 주던 경비원도, 마주칠 때마다 온갖 참견을 하던 편의점 주인도, 서연이 초등학교 때부터 다닌 피아노 학원 선생님도 서연을 불러 세우지 않았다.

서연은 학교 앞 번화가로 이어지는 사거리 횡단보도 앞에 다다라서야 뜀박질을 멈췄다. 횡단보도 너머에서 교복차림의 수많은 아이가 걸어왔다.

'저 중에 누구라도, 딱 한 명이라도 좋으니 내가 나라는 걸 알아봐 주는 사람이 있기를.'

서연은 간절하게 두 손을 모아 쥐었다. 그리고 알았다. 오른쪽 새끼손가락 끝이 투명하게 변해 있었다. 투명하게 변한 손가락은 다른 쪽 손가락을 맞잡지 못하고 허공을 헤매다 곧 완전히 보이지 않게 되었다.

'이대로 아무도 나를 알아보지 못하고, 사라지게 되는 걸까.'

서연은 횡단보도에 주저앉아 다급히 휴대폰을 꺼냈다.

'I필터를 삭제해야만 해.'

서연은 마음을 굳게 먹고 I필터 아이콘을 꾹 눌렀다. 아이콘 위쪽으로 '삭제' 버튼이 나타났다. 서연이 그 버튼을 누르려던 때였다.

내가 네 소원을 이루어 줄게.

귓가에 속삭이던 I의 목소리가 서연의 머릿속을 안개처럼 꽉 채웠다. I와 마주 보고 서서 소원을 고백했던 그 순간처럼, 갑자기 모든 것이 몽롱하게 느껴졌다. 횡단보도 너머 수많은 사람도, 투명하게 변해 가는 자신의 손도, 그 무엇도 중요하지 않은 듯했다. 중요한 것. 그건 소원을 이루는 것이다. 그 소원을 이루려면 I필터를 삭제해서는 안 된다는 생각이 I의 목소리와 함께 서연의 머릿속에 꽉 찼다.

'내가 나로 있으면 사랑받을 수 없어. 그럼 차라리 I가 내가 되는 게 나은 거 아닐까.'

내가 나인 것을 알아보는 사람이 아무도 없다는 건, 내가 나로 있을 필요가 없다는 의미 아닐까. 서연의 손에서 휴대폰이 스르르 힘없이 떨어졌다. 서연은 바닥에 떨어진 휴대폰을 주울 생각도 하지 않고 그저 바라만 보았다. 서연의 양손이 모두 투명해졌다가, 사라졌다. 이제는 휴대폰을 잡고 싶어도 잡을 수 없게 되었다.

"서연아! 어디 있어!"

갑자기 불어온 강풍에 머릿속 안개가 흩어진 것만 같았다. 서연은 고개를 들고 자기 이름을 부르는 소리가 나는 쪽을 바라보았다. 서연이 달려왔던 길 끝에 하연이 서 있었다. 한쪽 다리를 절뚝거리며 목 놓아 서연을 부르고 있었다.

"언니."

서연은 하연을 향해 손을 흔들었다. 흔들려고 했다.

'있잖아. 내가 나인 것을 알아봐 주는 사람.'

그러나 흔들 손이 없었다. 손도, 팔꿈치까지 모두 투명했다. 서연은 그제야 자신의 몸 곳곳이 벌레 먹은 듯 사라진 것을 알았다. 공포가 해일처럼 밀려왔다. 서연은 바닥에 떨어진 휴대폰을 집으려 갖은 애를 써 보았지만, 휴대폰을 건드릴 수조차 없었다. 이러다가는 하연이 횡단보도에 도착하기도 전에 온몸이 투명하게 변해 사라질 것만 같았다.

'어떡해. 미안해, 언니.'

진즉에 I필터를 삭제했어야 했다. 하연이 삭제하자고 했던 그때에. 서연은 거울 괴담을 들려주던 날, 하연이 했던 약속을 기억했다. 언니는 너를 절대 잊어버리지 않겠다던 말. 그 약속이 진심이었음을, 하연이 자신을 좋아한다고 했던 것이 거짓이 아님을 깨달았다.

거울 괴담을 들은 후에 서연은 가끔 궁금했다. 거울에서 나온 귀신이 하연을 끌고 간 뒤에 하연의 행세를 하면 아빠와 엄마는 과연 그 사실을 눈치챌까? 어쩐지 눈치채지 못할 것만 같았다. 아빠와 엄마에게 중요한 건 '예쁘고 완벽한 딸'이니까. 어쩌면 하연 역시 조건 없는 사랑을 받아 본 적 없는 건 아닐까. 그렇기에 서연에겐 그런 사랑을 주려 했던 게 아닐까. 하지만 서연은 한 번도 하연에게 언니도 외롭냐고 묻지 않았다. 부모님의 사랑을 독차지하는 누군가가 있어야만, 사랑받지 못하는 자기 자신을 좀 더 가엾게 여길 수 있었으니까.

'물어볼걸 그랬어. 그랬으면, 둘 다 좀 덜 외로울 수 있었을 텐데. 미안해, 언니.'

그러니까 언니. 언니. 언니.

"언니! 빨리 와 줘, 빨리!"

서연의 입에서 울음 섞인 바람이 터져 나왔다. 누군가 바닥에 떨어진 서연의 휴대폰을 집어 들었다. 서연은 쪼그려 앉은 채, 그 사람을 올려다보았다. 채린이었다.

"비밀번호."

"어?"

"휴대폰 비번 뭐냐고."

서연이 비밀번호를 말하자, 채린은 휴대폰 화면을 가

볍게 터치했다. 그러고는 서연의 눈앞에 휴대폰을 내밀어 보였다. 화면에 떠 있던 I필터 아이콘이 사라져 있었다.

"삭제 완료."

서연은 채린에게서 휴대폰을 받아 들고 나서야 사라졌던 손이 원래대로 돌아온 것을 알았다. 서연은 정신없이 자신의 몸을 살폈다. 모든 것이 멀쩡했다. 서연은 다리가 풀려 그대로 엉덩방아를 찧었다.

"서연아! 괜찮아?"

하연이 와락 서연을 끌어안았다. 서연은 하연의 어깨 너머로 채린이 멀어져 가는 것을 보았다. 채린이 자신을 도와주었다는 것이 그제야 실감이 났다. 채린을 바라보던 서연은 흠칫 놀랐다. 한순간 채린이 투명하게 변한 듯 보였다. 잘못 본 것인가 싶어 눈을 감았다가 떴다. 다시 본 채린의 뒷모습은 멀쩡했다.

"너, 괜찮아?"

서연을 꽉 끌어안고 있던 하연이 재차 물었다.

"응. 괜찮아."

"놀랐잖아. 퇴원하고 집에 갔더니, 그 이상한 거랑 엄마가 같이 있잖아. 그게 I지?"

하연은 그제야 서연을 품에서 놓아주었다. 서연은 들고 있던 휴대폰을 하연에게 내보였다.

"응. 하지만 이젠 사라졌을 거야. 지웠거든, I필터 앱."

"확실해?"

"확인할 수 있는 방법이 있어. 내 인스타그램에 I가 계속해서 사진을 올리고 있었거든."

서연은 자신의 인스타그램에 접속했다. 계정에 가득했던 사진은 모두 사라져 있었다. I필터로 찍은 사진 모두. 남아 있는 것은 오직 한 장, 서연이 마지막에 올렸던 단 한 장의 사진뿐이었다.

"이게 나예요."

서연은 사진 아래 글을 소리 내어 읽었다.

'이게 나야. 맞아. 이 얼굴이 나인걸.'

I는 사라졌다. 이젠 영원히 언니만큼 사랑받을 순 없다. 그러나 어떤 상황에서도 나를 알아봐 주는 단 한 사람이 있음을 이제 서연은 알고 있다.

"집에 가자."

서연은 언니가 내민 손을 꽉 마주 잡았다. 💗

승형의 이야기

잘생겨지고 싶어. 잘생기면 다 해결되잖아.

열등감을 느끼고 싶지 않단 말이야.

1

"자, 그럼 오늘의 마지막 사진! 이건 누가 올린 거지? 절대 자기가 올린 건 아니라는 데 한 표. 얼굴이 아주 창의적이네. 코는 그냥 호흡 기관의 흔적만 남아 있는데? 혹시 이 사진 주인이 방송 보고 있을지도 모르니까 그만해야겠다. 열 받게 해서 저 여드름 화산 터지면 지구 멸망도 가능할 것 같거든. 그럼 오늘의 얼평은 여기까지. 더 많은 콘텐츠를 원하면 '가면 늑대' 채널 구독하고 '좋아요' 누르는 것도 잊지 마. 채널 커뮤니티에 얼평 사진은 항시 모집하고 있는 거, 알지? 이야, 마지막에 후원, 선물 상자 200개 고마워. 땡큐. 그럼 굿바이!"

승형은 방송을 끄자마자 가면을 벗었다. 일주일 만에 살이 더 찐 건지, 가면이 얼굴에 꽉 끼어서 방송 내내 집중할 수가 없었다.

'에이씨, 그냥 벗고 할까? 가면 같은 거 안 써도, 나 정도면······.'

승형은 컴퓨터 옆에 놓인 손거울을 집어 들었다. 둥그런 거울 안에 승형의 얼굴이 꽉 찼다. 여기저기 붉은 여드름이 난 피부와, 살 아래 파묻힌 듯 납작한 콧대. 아무리 살펴봐도 마음에 드는 곳이 하나도 없는 얼굴이다. 승형은 신경질적으로 거울을 책상 위에 내려놓았다. 끼익. 조심스럽게 방문 여는 소리가 났다.

"승형아, 너 또 방송인가 뭔가 했니? 이웃집에서 시끄럽다고, 새벽이니까 조용히 좀 해 달래."

살짝 열린 방문 틈으로 엄마가 얼굴을 내밀었다.

"내가 내 방문 막 열지 말라고 했지!"

승형은 소리를 지르며 거울을 집어 방문을 향해 던졌

다. 쾅. 거울이 방문에 부딪쳐 떨어졌다. 몇 초 후 방문 밖에서 아빠의 고함 소리가 이어졌다. "조용히 해!" 술기운이 남은 목소리였다. 폭력적인 소리에 짓눌리듯 방문 틈에 끼어 점점 작아지던 엄마의 얼굴은 곧 완전히 사라졌다. 승형은 방문을 걸어 잠갔다.

"남이 뭐라고 하든 무슨 상관이야, 할망구. 라식 수술하게 돈 좀 달라는 말은 들은 척도 안 하더니 남의 방송 초치는 소리는 잘만 들어. 새벽 2시가 뭐 늦은 시간이라고 그래? 토요일 새벽 2시면 한낮이지."

승형은 투덜거리며 바닥에 떨어진 거울을 집어 들고 다시 컴퓨터 앞에 앉았다. 기분 전환이 필요했다. 승형은 마우스를 움켜쥐고 자신의 채널 커뮤니티에 올라온 사진을 한 장씩 살펴보기 시작했다.

"얘는 얼굴이 생기다 말았네. 어쭈, 이건 완전 필터 범벅인데? 이것도 필터. 이것도. 하여간 앱 안 쓰고는 사진을 못 찍나. 쓰려면 좀 자연스러운 걸 쓰든가. 와, 이건 완전 외계인인데? 짝퉁 앱 쓴 거 아냐?"

승형은 사진을 보며 낄낄 웃었다. 점점 기분이 좋아졌다. 채널의 구독자 수가 2만 명을 넘어선 것을 확인했을 때에는 여드름도 엄마의 잔소리도, 승형의 머릿속에서 완전히 사라졌다.

승형은 1인 인터넷 방송 진행자다. 닉네임은 '가면 늑대'. 주 콘텐츠는 타인의 얼굴을 평가하는 이른바 '얼평'이다. 얼평 채널 중에서는 손에 꼽히게 인기가 좋다. 사람들은 승형의 채널 게시판에 끊임없이 누군가의 사진을 올렸고, 승형은 토요일 새벽마다 그중 몇 장을 골라 얼평을 했다. 흠을 찾아내고, 평가를 빙자한 험담을 퍼부었다. 시청자들은 승형의 입담이 좋다며 칭찬했고 몇몇은 후원을 해 주기도 했다. 채팅 창에 후원 아이템인 선물 상자가 떠오를 때마다 승형은 짜릿한 쾌감을 느꼈다. 학교나 집에서는 결코 맛볼 수 없는 만족감이었다. 집에서는 말을 많이 하면 시끄럽다고 아빠의 소주병이 날아왔고, 학교에서는 바보 같은 소리 그만하라는 비웃음이 돌아올 뿐이었다.

"다 내 칭찬뿐이네. 얼평은 역시 가면 늑대지. 욕만 하는 다른 얼평러들하곤 다르게 듣는 재미가 있다니까……. 당연하지. 내가 어휘력 늘리려고 얼마나 노력을 하는데."

승형은 자신의 영상 아래 달린 댓글을 읽으며 혼잣말을 중얼거렸다. 1년 전, 방송을 시작하고 승형은 혼잣말이 늘었다. 한번은 수업 시간에 '오늘 선생님 옷, 영 아닌데. 엉덩이 꽉 끼는 것 봐. 완전 오크다, 오크.'라고 생각만 하려던 걸 입 밖으로 소리 내어 중얼거린 탓에 교무실로 불려간 적도 있었다. 그럼에도 승형의 혼잣말 습관은 좀처럼 나아지지 않았다.

"뭐야, 이건."

댓글을 읽던 승형의 미간이 와락 찌푸려졌다.

"가면 늑대, 가면 쓰고 있어도 돼지인 것 같지 않아? 지도 돼지인데 웬 얼평. 아씨, 이 새끼 누구야?"

돼지. 고등학생이 된 후 승형이 가장 싫어하게 된 단어다. 중학생 때에는 그렇지 않았다. "방학 동안에 돼지 됐다." "아, 나 완전 돼지임." 그건 친구들끼리 농담으로 흔히 주고받는 단어일 뿐이었다. 중학교 때 승형은 또래보다 키가 크고 마른 편이었다. 친구들이 여드름으로 고생할 때도 피부에 트러블 하나 나지 않아 부러움을 사기도 했다. 훈남이네, 하는 말을 들었고 제법 인기도 많았다.

설마 중학교 마지막 학기, 그 6개월 만에 30킬로그램이나 살이 찌고, 얼굴은 여드름투성이가 될 줄은 꿈에도 몰랐다. 여름 방학 때 온라인 게임에 푹 빠진 것이 시작이었다. 한 달 내내 PC방에서 살다시피 하면서 라면과 과자로 삼시 세끼를 때우고, 집에 와서도 새벽 늦게까지 게임을 하면서 야식을 먹었다. 방학이 끝나고 학교에 가니 다들 승형에게 살이 쪘다는 말을 인사처럼 던졌다. 그 말에 짜증이 나서 또 먹었다. 먹고 게임을 했다. 체중은 걷잡을 수 없이 불어났다. 갑자기 살이 찌니 온몸이 붓고 아팠다. 누군가 '돼지'라는 말을 하면 자신을 비웃는 것은 아닌가 신경이 곤두섰다. 승형은 엄마에게 살 빠지는 한약을 지어 달라고 했다. 엄마는 곤란한 표정으로 돈이 없다고 했다. 아빠는 술에 취한 채 낄낄 웃었다. "살쪘다고 약? 사내새끼가. 야! 그럴 돈 있으면 아빠 술이나 한 병 더 사 와!"

승형은 그날부터 방문을 걸어 잠그게 되었다. 살찐 모습을 남에게 보이고 싶지 않아 학교에서 돌아오면 방에 틀어박혀 나가지 않았다. 친구들도 만나지 않고 오직 게임만 했다. 게임을 하다가 지겨워지면 인터넷 서핑을 했고, 그러다가 얼평 방송을 보게 되었다. 그 전에도 얼평 방송이 있다는 건 알았지만, 그땐 한심하다고 생각했다. 오죽 할 일이 없으면 남의 얼굴 욕하는 방송을 보고 있나 싶었다.

하지만 외모 때문에 자존감이 바닥에 떨어져 있는 때에

들은 얼평 방송은 달랐다. 진행자가 다른 사람의 외모를 지적하는 걸 듣고 있으면, 자신이 사진의 사람보다는 잘났다는 착각이 들었다. 그 착각은 쾌감으로 이어졌고, 승형은 점점 더 심한 욕을 하는 얼평을 찾아 보게 되었다. 그러다 직접 얼평 방송을 해 보면 어떨까, 하는 생각을 했다. 얼굴을 공개할 용기는 나지 않아 문방구에서 산 3,000원짜리 늑대 가면을 쓰고 첫 방송을 했다. '늑대 가면을 쓴 얼평러'라는 콘셉트가 먹힌 덕분에 점차 채널 구독자가 늘어났다. 승형은 얼평을 위한 사진을 고를 때면 자신이 신이라도 된 듯 우쭐했다. 학교에서 고립될수록, 집에서 방문을 걸어 잠그고 있는 시간이 길어질수록 승형은 더욱더 얼평 방송에 힘을 쏟았다.

"젠장. 이러면 가면을 벗을 수는 없겠는데."

승형은 방바닥에 굴러다니는 가면을 발끝으로 툭 찼다. 승형도 알고 있었다. 얼평 방송의 암묵적인 룰. '얼평할 자격이 있는 자만이 얼평을 하라.' 얼평 방송 시청자들은 못생긴 진행자의 얼평은 원하지 않았다. 얼평 방송 진행자는 대부분 훈남, 훈녀 소리를 듣는 외모를 지니고 있었다. 얼평 방송의 시청자들은 보편적인 미를 신봉했고, 얼평 방송의 진행자가 그 미의 기준에 못 미친다 싶으면 우르르 몰려가 악플을 달았다. 그렇게 해서 닫힌 채널도 몇 개나 있었다. 승형은 종종 사람들이 자신에게 "다음은 너야."라고 속삭이는 악몽을 꿨다.

"내가 중학교 때 관리만 좀 했어도 그깟 것들 찍소리도 못 하게 눌러 버릴 텐데. 이게 다 엄마 때문이야. 아들이 이렇게 살이 찌게 놔두는 부모가 이 세상에 어디 있어? 이 것도 아동 학대라고. 아빠도 마찬가지야. 아빠가 돈만 잘 벌어도 이깟 살은 약으로 금방 뺐을 텐데. 만날 술만 퍼마시고."

승형은 가라앉은 기분을 끌어올리고자 게시판에 올라온 사진을 한참이나 살펴보았다. 다시는 이런 댓글이 달리지 않게 다음 방송은 좀 더 자극적이고 재미있게 구성해야지 생각했다.

"그래. 필터 특집을 하자. 요즘 유행하는 셀카 앱 몇 개를 분석해서, 어느 앱으로 찍은 건지 알아내는 퀴즈 타임으로 기대감을 높이는 거야. 그러고는 필터 제거 앱으로 사진을 노필터 버전으로 바꾸어서 얼평하는 거지. 슬쩍 떡밥 좀 흘려 놓을까."

– 여러분, 요즘 무슨 앱 써요? 화제의 셀카 앱 뭐 있나
요? 소개 부탁!

승형이 커뮤니티에 글을 올리자마자 댓글이 줄지어 달
렸다. 온갖 앱의 이름이 나열되는 중, 댓글 하나가 승형의
눈에 띄었다.

– 제일 핫한 건 I필터 아님? 선택받은 사람에게만 링크
가 간다는 그 앱.

– 도시 괴담이잖아. 그런 걸 믿냐?

– 그걸로 셀카 찍는 순간 귀신이 휴대폰 안으로 끌고
들어간다는데?

그 댓글 아래로 온통 I필터에 대한 이야기뿐이었다.

"수준 하고는. 뭐 이런 이야기를 믿냐."

승형이 혀를 차며 컴퓨터를 끄려는데, 모니터 옆에 놓
아둔 휴대폰이 울렸다.

"무슨 스팸이 양심도 없이 새벽 2시에 오냐. 뭐야. 특별
발신. 전송자······ 채린. I필터에 접속할 자격을 갖춘 스페
셜한 당신에게."

평소라면 주저 없이 삭제했을 뻔하디뻔한 문구였다. 그
러나 승형은 한참이나 휴대폰 액정을 노려봤다. 채린이라

는 두 글자를 도저히 무시할 수가 없었다.

"누군지 몰라도 장난 한번 더럽게 치네. 그래. 뭔지 한
번 봐 주마. 끽해 봤자 악성 코드 그런 거겠지."

승형은 첨부된 링크를 꾹 눌렀다. 그대로 메시지를 삭
제하면 도망가는 기분이 들 것 같아 부린 객기였다. 승형
이 링크를 누르자마자 앱 설치 시작을 알리는 문구가 떴
다. 진짜 악성 프로그램이면 어쩌나 덜컥 겁이 나서 서둘
러 실행 취소 버튼을 눌렀지만 늦었다. 설치 완료. 승형은
잠시 망설이다 설치된 앱을 눌렀다.

"뭔지 알아야 백신을 돌리든 뭘 하지. 뭐냐. 이거 사진
앱이잖아. I필터? 누군지 참 성의 있게 장난친다. 박채린
이름으로 귀신 나온다는 앱을 보낸다고? 내가 이딴 거에
겁먹을 줄 알아? 뭣보다 박채린 걔 안 죽었거든?"

승형은 계속해서 혼잣말을 중얼거리며 휴대폰 화면에
뜬 I필터 아이콘을 노려봤다.

"쫄지 않아. 난 이런 걸로 쫄지 않는다니까."

신음과도 같은 혼잣말을 흘리던 승형은 결심한 듯 입을
꽉 다물고 휴대폰 카메라를 자신에게로 향했다. 두 눈을
부릅뜨고 I필터의 촬영 버튼을 눌렀다. 아무 일도 일어나

지 않았다. 승형은 길게 한숨을 내쉬었다.

"봐. 다 뻥이라니까. 그냥 평범한 사진 앱이잖아. 어, 뭐야……."

승형은 휴대폰 액정에 떠 있는, 'I필터'로 찍은 자신의 사진을 넋을 놓고 바라보았다. 갸름한 얼굴형에 살짝 도톰하지만 뚜렷한 코. 쌍꺼풀은 없지만 시원하게 옆으로 트인 눈매. 꿈꾸던 얼굴이 그 안에 있었다. 중학교 때 관리를 잘했다면, 하고 후회할 때마다 승형이 상상했던 얼굴이었다. 상상 속에서 승형은 살찌기 전 자신의 얼굴을 점점 미화했고, 상상을 거듭할수록 중학교 때 얼굴과도 거리가 먼 완벽한 얼굴이 되어 있었으나 승형의 머릿속에선 이미 그것이 자신의 얼굴이었다.

"이 앱, 엄청나네?"

승형은 이때까지 수많은 셀카 앱을 써 보았다. 하지만 어떤 앱도 살이 찐 체형까지 완벽하게 보정하지는 못했다. 추가로 보정을 해도, 아마추어인 승형의 솜씨로는 수정한 티가 나는 어색한 얼굴이 될 뿐이었다. 찍기만 했는데 이렇게 완벽하게 보정되는 앱은 처음이었다. 신이 난 승형은 채널 커뮤니티에 '이게 나. 셀카 잘 안 찍는데, 워낙 궁금해하는 사람이 많아서 올림.'이라는 코멘트와 함께 사진을 올렸다.

    - 미친. 존잘.

    - 이게 가면 늑대라고? 대체 가면 왜 씀?

    - 얘 가면 쓴 거, 너무 상대적 박탈감 느끼지 말라는 존
      잘님의 깊은 배려였나 봐.

그야말로 댓글이 폭주했다. 댓글 창으로 이제껏 받아 본 적 없는 칭찬이 흘러넘쳤다. 댓글 창을 보는 승형의 입꼬리가 점점 위로 올라갔다. 취하도록 맛본 칭찬은 너무나 달콤했고, 승형은 거기서 빠져나오고 싶지 않았다.

    - 이런 얼굴이 얼평을 해야지. 자격 인정!

2

승형은 거울에 비친 자신의 얼굴을 뚫어져라 바라보았다.

'이게 어떻게 된 거지?'

갸름해진 턱선. 드문드문 여드름 자국은 남아 있지만

일주일 전과는 비교도 안 되게 깨끗해진 피부. 살에 파묻혀 없는 듯 보이던 콧대도 오뚝하게 솟아올라 있었다. 거울 속 승형의 얼굴은 I필터로 찍은 사진 속 모습과 닮아 보였다. I필터를 다운받은 지 일주일. 승형은 하루에 수십 장의 셀카를 찍었고 매일 하루 한 장씩은 커뮤니티에 업로드했다. 승형은 사진에 달리는 댓글을 읽으며 히죽 웃었다. 오늘도 승형은 휴대폰을 열고 I필터로 셀카를 찍어 채널 커뮤니티에 업로드했다.

"승형아, 학교 안 가니? 늦겠다. 그리고 병원에 한번 오렴. 외할머니 곧 수술하시잖아. 너 보고 싶다고 하시네."

끼익. 한참이나 댓글을 읽으며 웃던 승형은 문 열리는 소리에 뒤를 돌아봤다. 빠끔히 열린 문틈 사이로 엄마의 발끝이 보였다.

"시끄러워! 아침부터! 내가 방문 막 열지 말랬지!"

승형은 신경질을 내며 벌컥 문을 열고, 우두커니 선 엄마의 옆을 지나 현관으로 향했다.

"승형아, 병원은? 병원 올 거지?"

뒤에서 엄마의 다급한 목소리가 들렸지만 승형은 뒤돌아보지 않았다. 승형은 느릿한 걸음으로 학교로 향했다.

엄마에게 소리를 지르고 나온 것이 마음에 걸렸다.

'엄마 탓이야. 왜 쓸데없는 말을 해서 화를 내게 만드느냐고.'

승형은 외할머니가 싫었다. 아빠는 술만 마시면 외할머니를 '무능력한 할망구'라고 욕했다. 외할머니가 지금 살고 있는 집을 팔지 않겠다고 버티는 바람에 돈을 벌지 못했다는 것이 아빠의 주장이었다. 실제로는 아빠가 노름에 빠졌을 때에 외할머니가 집만은 팔지 못하게 막았기에 온 가족이 길거리에 나앉을 뻔한 상황을 면할 수 있었던 것이지만, 승형은 그런 속사정까지는 알지 못했다. 승형은 외할머니가 젊었을 적에 샀다는 지금의 집이 싫었다. 반지하라서 창문을 열어도 바깥이 보이지 않았고, 집에서는 늘 퀴퀴한 냄새가 났다. 친구들이 비웃을 것 같아서, 어디에 산다고 말할 수도 없었다. 그때마다 승형은 외할머니를 원망했다.

승형은 귓가에 남은 엄마의 목소리를 털어 내려고 휴대폰으로 또 한 장, 셀카를 찍었다. 사진 속 얼굴은 점점 더 잘생겨지는 것 같았다.

'다이어트를 한 것도 아닌데 살이 빠지다니. 피부도 좋

아지고. 혹시 이 앱 덕분인가?'

예를 들면, **I필터**로 사진을 찍으면 찍을수록 잘생겨진다거나…….

"말도 안 돼. 그런 일이 어떻게 일어나."

그렇게 중얼거리면서도 승형은 휴대폰을 꽉 움켜쥐었다. 손바닥에 끊임없이 울리는 댓글 알림이 느껴졌다. 잘생겼다는 칭찬들. 그 떨림이 승형을 들뜨게 했다.

"난 더 이상 돼지가 아냐. 아니고말고."

승형은 단톡방에 들어갔다. 중학교 때 친구들이 모인 단톡방에 마지막으로 글을 남긴 건 2년 전이었다. 연락을 끊은 건, 고등학교가 달라서만은 아니었다. 친구들이 살찐 자신을 비웃는 것 같아서 만나고 싶지 않았다. 때때로 만나자는 글이 올라왔지만, 그때마다 무시했다. 승형은 단톡방 공지를 확인했다. '오늘 저녁 PC방에서 놀 사람?'이란 글이 떠 있었다. 승형은 꾹꾹 휴대폰 자판을 눌렀다.

> 오랜만. 오늘 나도 참석.

이젠 방 안에 틀어박혀 있을 이유가 없다. 학교로 향하는 승형의 발걸음이 점점 빨라졌다.

* * *

"김승형, 돼지 되고 나서 우리 연락 딱 끊더니. 웬일이냐?"

"그러게. 살아 있었네."

승형은 빙긋 웃었다. '돼지'라는 단어가 더 이상 거슬리지 않았다. 친구가 승형의 옆구리를 툭 쳤다.

"웃네? 드디어 뱃살처럼 두툼한 참을성을 가지게 됐나 본데. 예전엔 돼지라고 부르면 엄청 화내더니."

"돼지였을 때는 그랬지."

엘리베이터에 모여 서 있던 친구들은 와락 웃었다.

"왜 지금은 아닌 것처럼 말해? 유체이탈 화법이야?"

"못 본 사이에 엄청 뻔뻔해졌네."

승형은 엘리베이터에 붙어 있는 거울로 힐끔 자신의 얼굴을 봤다. 아침에 본 그대로, 잘생겨진 얼굴이 그 안에 있었다. 친구들의 빈정거림에 잠깐 되살아났던 불안이 가라앉았다.

"질투하냐? 오랜만에 만났는데 왜들 그러냐. 못나게."

"뭐?"

친구들의 시선이 일제히 승형에게로 쏠렸다.

"내가 돼지면 이 세상 사람 모두 다 돼지지. 너네야말로 피부 관리 좀 해. 어째 중학교 때보다 나아진 게 없냐. 나한테 열등감 느끼는 건 이해하겠는데, 그래도 적당히 해야지. 나니까 친구인 너희한테 이런 말도 해 주는 거야."

엘리베이터 문이 열렸다. PC방 입구를 보는 것만으로도 가슴이 두근거렸다. 부려 2년 만에 온 PC방이었다.

'집에서 버벅거리는 컴으로 게임할 때마다 진짜 짜증 났는데.'

신이 나서 엘리베이터에서 내린 승형은, 그제야 친구들이 아무도 내리지 않았음을 알았다.

"뭐야. 너희 안 내려?"

"너 혼자 실컷 놀아라. 돼지한테 열등감 느끼는 우리는 우리끼리 놀 테니까."

친구 중 한 명이 반쯤 닫힌 엘리베이터 문 사이로 가운뎃손가락을 들어 보였다.

"저 새끼가!"

승형은 엘리베이터 문틈에 손을 밀어 넣었지만 늦었다. 엘리베이터 문은 닫혔고, 승형은 혼자 남았다. 승형은 씩씩거리며 PC방 안으로 들어갔다. 자리를 잡고 앉아 회원 가입을 하고 아이디를 입력했다.

"쪼잔한 새끼들. 너네 없으면 겜 못 할 것 같냐."

승형은 '먹거리 주문하기' 버튼을 클릭한 뒤 핫도그와 아이스티를 주문했다. 게임에 접속해 매칭을 기다리면서, 승형은 몸을 들썩였다.

"의자가 왜 이렇게 좁고 불편해. 돈 좀 쓰지. 요즘 PC방 좋은 데는 엄청 좋던데."

승형 옆에 핫도그와 아이스티가 놓였다. 음식을 들고 온 아르바이트생이 뒤돌아서며 "자기가 뚱뚱해서 그런 걸 왜 의자 탓을 해."라고 중얼거렸다.

'설마 나한테 하는 말은 아니겠지.'

불안해진 승형은 모니터 캠을 켰다. 곧 캠에 잡힌 승형의 얼굴이 모니터 한쪽에 떴다. 아침에 거울로 본 것보다 훨씬 잘생겨진 얼굴이 그 안에 있었다. 승형은 모니터 속 자신의 얼굴을 손끝으로 한 번 쓰다듬고 캠을 껐다.

"완벽하잖아. 역시."

헤드폰을 뒤집어쓴 PC방 안 사람들 중, 승형의 혼잣말을 들은 이는 아무도 없었다.

* * *

승형은 잠이 깨자마자 휴대폰을 집어 들고 셀카를 찍었다. 찍은 사진을 확인한 후 거울을 집어 얼굴을 확인했다.

"아무래도 진짜 이 앱 덕분인 것 같아."

승형은 콧노래를 흥얼거리며 자리에서 일어났다. I필터를 다운받은 지 2주째. 승형은 I필터 없는 일상을 상상조차 할 수 없었다. 거울 속 승형의 얼굴은 나날이 I필터로 찍은 사진 속 얼굴을 닮아 가고 있었다. 그것이 I필터 덕분임을, 승형은 더 이상 의심하지 않았다.

'이 앱이 있는 한 나는 다시는 못생겨지지도, 뚱뚱해지지도 않을 거야.'

그 안도감은 곧 자신감으로 이어졌다. 승형은 더 이상 머리를 감지 않고 자다 깬 그대로 학교에 가지 않았다. 살이 찐 후 될 대로 되란 심정으로 로션 한 번 바른 적 없었지만 며칠 전부터는 스킨에 로션, 선크림까지 챙겨 발랐다. 엄마가 제발 빨래 통에 내어놓으라고 재촉해야 갈아입던 교복 셔츠도 직접 빨아 다렸다. 잘생긴 얼굴에 어울리는 차림새를 해야지, 하고 생각해서였다. 조금이라도 덩치가 작아 보이려고 어깨를 웅크린 채 걷던 것도 그만두었다. 승형은 가슴을 쫙 펴고 성큼성큼, 큰 보폭으로 걸었다. 어제는 고등학교에 입학한 후 처음으로 반에 들어서면서 "안녕." 하고 소리 내어 인사도 해 보았다. 반 애들 몇몇이 안녕, 하고 인사를 받아 주었다.

오늘도 마찬가지였다. 몇몇은 가볍게 손을 흔들어 보이기까지 했다.

'역시 잘생기고 봐야 해. 잘생겨지니까 애들이 날 대하는 게 달라지잖아.'

기분 좋게 자리에 앉던 승형의 귀에, 교실 뒤쪽에 선 아이들의 대화가 들려왔다.

"가면 늑대, 커뮤니티에 또 자기 셀카 올렸던데."

"걔 얼평 좀 순한 맛으로 바뀐 것 같더라."

승형은 책을 찾는 척 서랍을 뒤적거리며 들려오는 대화에 온 신경을 집중했다. 온라인이 아닌 오프라인에서 자신의 방송에 대해 이야기하는 사람을 본 것은 처음이었다.

"난 좀 순해진 게 좋던데. 이전에는 너무 막말을 하니까 듣기 좀 그랬어. 말을 잘하니까 순하게 해도 재미있더라고."

"가면 늑대, 잘생기긴 진짜 잘생기지 않았냐? 걔, 가면 쓰고 방송하는 것 때문에 얼굴 별로인 것 아니냐, 자격지심으로 얼평하는 거 아니냐 하는 소문 엄청 많았잖아. 소문은 어디까지나 소문일 뿐이라는 걸 얼굴로 증명해 냈다니까."

"셀카를 믿냐? 필터일 텐데."

"야, 그렇게 자연스럽게 나오려면 본판이 좋아야 돼. 그쯤이면 현실에서도 훈남일걸."

"그건 그래. 부럽다. 잘생겼는데 말도 잘하고."

"가면 늑대 같은 애가 축제 때 사회 보면, 그 반 인기투표 1위는 너끈하겠다."

축제. 사회자. 승형에게는 그 단어들이 유독 크게 들렸다. 작년 고등학교 1학년 축제 기간 때, 사회자로 입후보하고 싶었지만 못생긴 돼지가 나댄다고 욕을 얻어먹을 것만 같아서 손도 들지 못했던 승형이었다.

'하지만 이젠 상황이 다르잖아. 나 같은 인재가 지원 안

하면 반에도 손해지.'

1년이 지난 지금, 또다시 축제 기간이 돌아온 터였다. 학급 단톡방에서는 '사회자 투표'가 진행 중이었다. 입후보는 누구든 자유. 그중 많은 표를 받은 순서대로 세 명을 뽑아 오프라인에서 재투표하는 방식이었다. 부끄러워서 입후보하지 못하는 사람이 있을지도 모르니까. 이게 담임이 온라인 투표를 하게 한 이유였다. 승형은 후보 선택 창을 꾹 눌러 자신의 이름을 써넣었다. 오프라인 투표까지 남은 시간은 이틀뿐이지만 다섯 명의 후보 중 세 명 안에는 들 자신이 있었다.

'방금 가면 늑대 이야기를 하던 애들이, 내가 가면 늑대인 걸 못 알아봤겠어? 당연히 눈치챘겠지. 셀카랑 얼굴이 똑같은데. 아까 축제 이야기를 한 것도 일부러 나 들으라고 한 게 분명해. 내 팬이니까 말을 걸기는 부끄러웠던 거겠지. 저런 애들이 한두 명이 아닐 거야. 걔들은 분명 나를 뽑을 거고.'

당선 소감은 어떻게 말할까. 사회자가 되면 바빠질 테니 축제 때까지는 얼평 방송을 잠간 쉬는 게 좋을까. 이틀 동안 승형의 머릿속은 분주히 돌아갔다. 전교생 앞에 서서 반 대표로 재치 넘치게 말하는 자신의 모습을 상상할 때면 달콤한 아이스크림 덩어리가 목구멍으로 미끄러져 넘어갈 때만큼 짜릿한 쾌감이 몰려왔다.

그러나 이틀 후, 칠판에는 승형의 이름이 적히지 않았다.

'왜? 왜 내가 안 된 거지?'

승형은 교실 앞에 선 세 후보를 노려보았다. 아무리 봐도 자신보다 못생긴 얼굴이었다. 그러나 세 사람을 계속 살펴보던 중, 승형은 한 가지 사실을 발견했다. 후보로 뽑힌 세 명과 자신의 결정적인 차이. 세 사람은 모두 브랜드 로고가 그려진 슬리퍼를 신고 있었지만 승형이 신고 있는 건 매점에서 산 2,000원짜리 삼선 슬리퍼였다. 승형은 고개를 돌려 반 애들을 살펴보았다. 브랜드 로고가 새겨진 카디건, 책상 위에 놓인 아이팟 케이스 등등. 교실 안에서 브랜드 제품을 하나도 가지지 않은 건 오직 자신뿐이었다. 승형은 푹 고개를 숙였다.

'비웃었을 거야. 분명히.'

거지새끼 주제에. 그런 소곤거림이 들리는 것만 같았다. 승형은 최대한 몸을 웅크렸다. 쥐구멍이 있으면 들어

가고 싶었다. 잘생겨지면, 그렇게만 되면 느낄 일 없을 거라 확신했던 갈증이 다시 스멀스멀 승형 안에서 끓어오르고 있었다.

열등감. 그것은 곧 다시 승형의 마음을 차지했다.

3

승형은 터덜터덜 버스 정류장으로 향했다. 버스 정류장에 도착하자마자 휴대폰을 꺼내 셀카를 찍었다. 아침에는 충분히 만족스러웠던 사진 속 자신의 모습이 통 마음에 차지 않았다.

"잘생기면 뭐 해. 옷이 이런데. 다들 비웃었을 거야. 가면 늑대는 만날 후줄근하게 입는다고."

승형은 자신의 채널 커뮤니티에 올라온 다른 사람들의 사진을 유심히 봤다. 예전에는 보이지 않던 것들이 보였다. 승형이 망둥이처럼 생겼다고 말했던 남자는 손에 최신 휴대폰을 들고 있었고, 성형 수술 부작용이 심하다고 빈정거렸던 여자는 브랜드 패딩을 입고 있었다. 이 사람은 귀걸이가 명품이고, 이 사람은 지금 보니 신발 자랑하려고 이 구도로 사진을 찍은 게 아닌가 싶었다. 비웃었던 모두가 순식간에 부러워졌다. 승형은 한숨을 쉬며 휴대폰을 주머니에 넣고, 버스 정류장 광고 벽 유리에 자신의 전신을 비추어 보았다. 유리에는 흐릿한 실루엣이 일그러져 보일 뿐이었다.

"보나 마나지, 뭐. 그렇게 살이 많이 빠졌는데 교복은 그대로잖아. 편하긴 해도 폼은 안 날 거야. 그렇다고 교복을 다시 살 수도 없고. 브랜드 후드 티나 카디건을 걸쳐 입으면 좀 나을 텐데."

승형은 혼잣말로 중얼거리며 일그러진 실루엣을 이리저리 살펴보았다. 아까 교실에서 사회자 후보가 입고 있던 카디건의 브랜드 로고가 자꾸만 눈앞에 어른거렸다.

"후원금 좀 모아 놓을걸."

얼평 방송 때마다 4, 5만 원씩 들어오는 후원금을 야식 시켜 먹는 데 몽땅 쓴 것이 후회되었다. 그러나 승형의 후회는 곧 원망으로 바뀌었다.

'그까짓 4, 5만 원 모아서 언제 사고 싶은 걸 다 사? 다른 애들은 갖고 싶다고 말만 하면 척척 손에 들어올 텐데. 아

빠, 엄마가 무능한 게 나빠. 문제는 내가 아니야. 아빠와 엄마라고.'

승형은 버스 정류장 광고 벽을 세게 걷어찼다. 벽은 꼼짝도 하지 않았고 발끝에 얼얼한 아픔만이 남았다.

"어디 큰돈 뚝 안 떨어지나."

"그럼 내 의뢰를 받아 보는 건 어때?"

혼잣말 끝에 누군가의 목소리가 겹쳐졌다.

'분명 버스 정류장에 아무도 없었는데?'

승형이 뒤돌아보니 그곳에 한 남자가 서 있었다. 남자는 늑대 가면을 쓰고 있었다. 승형이 방송을 할 때 쓰는 것과 똑같은 것이었다.

"뭐야. 당신, 뭔데 그걸 쓰고 있어?"

"난 네 팬이야. 그래서 너에게 의뢰를 하고 싶어. 내가 보내는 사진의 얼평을 해 주면 100만 원을 줄게."

100만 원. 남자의 말에 승형은 꼴깍 마른침을 삼켰다. 어려운 의뢰도 아니었다. 언제나처럼 얼평을 할 뿐인데 단번에 100만 원을 벌 수 있다니. 승형은 고개를 끄덕거리려고 했다. 정류장 주변을 날아다니던 비둘기가 남자의 종아리를 통과하는 것을 보지 않았다면 그랬을 것이다. 비둘기가 뚫고 지나간 남자의 다리가 홀로그램처럼 투명하게 변했다가 원래대로 돌아오는 것을 본 순간, 승형은 비명을 지르며 정류장에 도착한 버스 안으로 뛰어 들어갔다. 그 버스가 어디로 가는 것인지 확인할 여유 따위는 없었다.

"학생! 앞으로 타야지!"

버스 운전기사의 호통과 함께 버스가 출발했다. 승형은 버스 뒤쪽에 선 채 창밖으로 멀어져 가는 정류장을 바라보았다. 남자의 모습은 금세 점이 되어 사라졌다. 버스 정류장도, 남자의 모습도 완전히 보이지 않게 된 뒤에야 승형은 털썩 버스 좌석에 주저앉았다.

'그건 대체 뭐였지? 귀신? 이 버스는 어디로 가는 거지?'

승형은 버스 안을 두리번거리다가 낯익은 뒷모습에 시선을 멈췄다. 눈을 비비고 다시 봤다. 뒷모습이지만 분명했다. 그 아이, 박채린이었다.

'쟤가 왜 버스를 탔지?'

승형은 마른침을 삼켰다. 박채린. '채린'이 자신의 눈앞에 있었다. 이렇게 가까이에서 본 것은 처음이지만 사진으로는 100번도 넘게 본, 그래서 내적 친밀감이 쌓인 존재. 승형은 채린이 앉은 쪽으로 갈까 말까 망설이며 엉덩이를 들썩거렸다.

1년 전이었다. 승형이 채린의 얼평을 한 것은. 채린은 그때 아이돌 연습생이었지만, 인터넷에서는 웬만한 아이돌보다 더 유명했다. '천 년에 한 번 나올까 말까 한 아이돌', '박채린 데뷔하면 그 그룹 흥행은 따 놓은 것', 이런 댓글이 채린의 연습 동영상마다 수십 개씩 달렸다. 대부분의 얼평 채널이 채린의 얼평을 했고, 승형의 커뮤니티에도 채린의 얼평을 해 달라는 게시물이 매일 올라왔다. 그 글을 보며 승형은 망설였다. 얼평 방송을 시작하고 채 1년이 되지 않은 때였다. 유행 흐름에는 무조건 올라탄다는 것이 승형의 방침이었지만, 채린의 얼평을 하는 것은 내키지 않았다.

승형은 딱 한 번, 중학교 축제 무대에서 채린을 본 적이 있었다. 승형이 중학교 3학년 때였다. 친구가 동생 학교에서 축제를 한다고 같이 가자고 했다. 중학생 장기 자랑이 뭐 볼 거 있겠냐고, 심드렁하게 무대를 보다가 채린의 노래를 들었을 때의 충격을 승형은 생생하게 기억했다. 승형은 채린의 1호 팬이 되고 싶었다. 그러나 소망은 멀고 당장의 이익은 가까웠다. 결국 승형은 채린의 얼평을 했다. 사심을 숨기려고 평소보다 더 수위를 높여서, 온갖 말로 채린의 얼굴을 물고 뜯었다. 그리고 그다음 날 늦은 오후, 채린은 연습실 건물 옥상에서 뛰어내렸다. 박채린은 왜 자살하려 했는가. 사람들의 날 선 물음표는 곧장 승형에게로 몰려들었다. 승형은 방송을 중단하고 벌겋게 충혈된 눈으로 끊임없이 달리는 악플을 삭제했다. 채린이 '얼평 방송을 보고 상처받아서 그랬다.'고 말만 하면 소속사에서도 가면 늑대에게 책임을 물을 거라는 소문이 떠돌아 승형의 눈은 더 벌겋게 변해 갔다. 그러나 채린은 아무 말도 하지 않았고, 한 유명 남자 아이돌 멤버의 열애설이 터지면서 사건은 바람 빠진 풍선처럼 가라앉았다. 그 사건으로 승형은 1,500명의 구독자를 얻었다. 승형의 죄책감을 덮어 버리기에 충분한 숫자였다.

'박채린, 쟤도 나한테 원망 같은 게 없으니까 그때 아무 말도 안 했겠지. 애초에 자살하려고 한 게 아니란 소문도 있었잖아. 혹시 알아? 연습생 그만두고 싶은데 핑계가 없어서 고민하다가 내 방송을 계기로 쇼한 걸 수도 있어. 그럼 난 오히려 쟤를 도와준 게 되는 거지. 그래, 그래서 나한테 앱 링크를 보냈나 보네. 고맙다고 말하기엔 좀 그러

니까. 가만, 그럼 박채린이 저렇게 예쁜 것도 혹시 **I필터** 덕분인가?'

승형은 기억 한쪽에 묻어 놓았던 죄책감의 상자를 빠르게 재조립했다. 죄책감은 채린을 향한 일방적인 친밀함으로 변했다. 승형이 자리에서 일어나 채린 쪽으로 다가가려던 때, 버스가 멈췄다. 승형은 채린을 따라 버스에서 내렸다. 버스 앞문과 뒷문. 딱 그만큼의 간격을 두고 승형은 채린을 뒤따라갔다. 승형은 자신이 오르막길 끝에 위치한 병원 안으로 들어가는 것도 인식하지 못한 채 그저 채린의 뒤를 따라갔다. 알싸한 소독약 냄새가 코끝을 스친 후에야 승형은 어느새 자신이 병원 로비 안에 서 있음을 깨달았다. 오고 가는 환자들과, 분주하게 깜빡거리는 병원 접수대의 번호판이 승형을 정신없게 만들었다. 승형이 잠시 눈을 뗀 사이 채린은 엘리베이터를 탔고, 승형은 한발 늦게 그 뒤를 쫓았다.

"어디냐, 어디⋯⋯. 분명히 이 층에서 내렸는데."

승형의 혼잣말이 적막한 병원 복도에 울려 퍼졌다. 승형은 꼭 닫힌 병실 문 앞을 하나씩 기웃거렸다. 그러다 간호사가 지나가면 괜히 휴대폰을 꺼내 들고 대화를 하는 척했다. "너, 왜 이렇게 안 와. 나 먼저 들어간다." 어설픈 승형의 연기에 신경 쓰는 사람은 없었다.

긴 복도 중의 한 곳, 조금 열린 병실 문틈으로 채린이 보였다.

'뭐라고 첫마디를 떼지? 내가 가면 늑대인데. 아니지. 너 왜 나한테 링크를 보냈어…….'

승형은 병실 옆 벽에 찰싹 붙어 서서 문틈으로 안을 들여다보았다. 채린은 휠체어를 탄 누군가를 앞에 두고 서 있었다. 승형이 선 문 쪽에서는 휠체어에 앉은 사람의 얼굴이 채린의 등에 가려져 보이지 않았다.

'누구지? 친척? 친구? 병문안 온 건가?'

승형이 얼굴을 좀 더 문틈으로 가까이 가져갔을 때였다. 휠체어 앞에 서 있던 채린이 옆으로 비켜섰다. 채린에게 가려져 있던 휠체어에 탄 사람의 얼굴을 보고, 승형은 뒤로 한 발 물러서 눈두덩을 세게 꽉 눌렀다. 잘못 본 것인가 싶었다.

'쌍둥이? 닮은 사람? 뭐지?'

승형은 다시 병실 안을 들여다보았다. 아무리 봐도 채린이었다. 얼굴 반쪽에 붕대를 감고 있지만, 휠체어에 탄 사람은 분명 채린이었다. 승형이 몸을 뒤로 뺀 채 얼굴만 문틈으로 좀 더 바짝 가져갔을 때, 휠체어는 다시 서 있는 채린의 몸에 가려졌다. 서 있는 채린이 문 쪽을 뒤돌아보며 웃었다. 웃는 채린의 얼굴이 정류장에서 만난 남자의 다리처럼 투명하게 흔들렸다. 승형은 비명을 지르며 뒤돌아 뛰었다. 복도에 자신의 목소리가 메아리치는 것도, 로비의 사람들이 자신에게 손가락질을 하는 것도 모를 정도로 정신없이 뛰었다. 병원 밖으로 나와 소독약 냄새가 코끝에서 완전히 사라진 뒤에야 승형은 달리기를 멈췄다. 등이 땀으로 흠뻑 젖어 있었다.

'뭐지? 뭐냐고! 잘못 본 거야. 그래. 그런 거야.'

승형은 뒤에 가려진 휠체어가 비쳐 보일 정도로 투명해졌던 채린의 모습과 그 얼굴에 떠올랐던 웃음, 투명한 몸 뒤로 보이던 휠체어를 탄 또 다른 채린의 얼굴을 떨쳐 내기 위해 마구 고개를 흔들었다. 승형은 힘없이 내리막길을 걸어 내려왔다. 그러나 버스에 탄 후에도, 정류장에 내린 후에도, 잠들기 전까지도 채린의 웃음은 승형의 눈꺼풀 안쪽에 못 박혀 한참을 어른거렸다.

4

"몸이 그래 가지고 일 잘할 수 있겠어?"

벌써 세 번째다. 승형은 눈을 부릅뜨고 눈앞에 마주 앉은 편의점 점장을 바라보았다. 아르바이트를 하겠다고 마음먹고 면접을 본 것이 여기로 세 군데째. 이전의 패스트 푸드점 사장도, PC방 주인도 모두 비슷한 말을 했다. 그렇다면 이 뒤에 이어질 말은 뻔했다. 채용 불가. 아르바이트 자리를 찾는 게 이렇게 힘들 줄은 몰랐다.

'안 돼. 스마일. 웃어야지. 이전 면접 때도 표정이 너무 딱딱해서 떨어진 게 분명해.'

승형은 입꼬리를 억지로 끌어 올렸다.

"왜요? 제가 너무 잘생겨서 손님들이 몰려올까 봐요?"

편의점 점장은 눈을 두어 번 깜빡거리더니 크게 웃었다.

"좋네. 그 자신감! 하긴, 요즘 텔레비전이고 어디고 다 깡마르고 잘생긴 애들만 나오는 것도 문제이긴 해. 방금 전의 내 말은 잊어버리게나."

점장은 승형의 어깨를 두드렸고, 승형은 흔들리는 점장

의 뱃살을 내려다봤다.

"남자한테 외모가 뭐가 중요해. 좋았어. 자네 채용!"

"감사합니다."

그렇게 승형의 아르바이트가 시작되었다. 한밤중에도 낮인 듯 환한 거리 한쪽에 자리 잡은 편의점은 대체로 한가했다. 주변에 편의점이 네 개나 더 있어서만은 아니었다. 편의점 점장은 승형이 대학생이라는 거짓말을 가짜 학생증 하나 보고 덜컥 믿어 버리는 사람이었다. 확인해야 할 절차를 이행하는 것조차 귀찮아하는 사람이 운영하는 가게 역시, 이행되어야 할 많은 것이 내버려진 채 운영되었다. 청소는 하다 만 듯 지저분했고, 재고 체크 후 바로바로 빼내지 않은 유통 기한 지난 삼각김밥이 냉장실 안쪽에 숨어 있었고, 증정품 행사 공지문은 붙어 있지 않았으며, 가격표는 뒤죽박죽이었다.

계속되는 한가함에 지루해진 승형은 아르바이트를 시작하고 사흘째 되던 날, 휴대폰으로 라이브 방송을 켰다. 승형은 화면에 편의점 내부가 비치도록 휴대폰을 고정해놓았다. 이러면 가면을 쓰지 않아도 화면에 얼굴이 비칠 걱정은 없었다.

"여기가 어디냐. 편의점이죠. 아르바이트 중입니다. 어디 있는 편의점이냐고? 뱃살이 엄청난 점장이 운영하는 곳입니다. 처음 봤을 때 배가 너무 나와서 임신한 줄 알았다니까요. 남자인데! 남자도 임신하는 시대가 왔구나 싶을 정도였다고. 면접 때 남자는 외모가 중요하지 않다면서 열변을 토하는데 안쓰럽더라고요. 남자 외모가 왜 안 중요해, 중요하지. 뭐 어쨌든, 외모가 안 중요한 점장네 편의점에는 어떤 손님이 오는가, 궁금하지 않습니까? 그래서 즉석으로 해 보는 라이브 얼평! 지금부터 들어오는 손님들의 얼굴을 가감 없이 평가해 보겠습니다."

'재미있겠다.', '몰카 아님?', '도덕 교과서냐. 꺼져.' 온갖 말들이 채팅 창을 뒤덮는 사이, 편의점 문이 열리고 한 여자가 안으로 들어왔다. 승형은 여자의 옆얼굴을 뚫어져라 관찰했다.

"빼빼로가 빼빼로를 고르고 있네요. 아, 이러면 몸평이 돼 버리나? 커뮤니티에 올라오는 사진에는 전신이 안 나와서 얼평만 했는데, 여긴 전신이 다 있으니까."

승형은 카운터에 앉아 휴대폰에 입을 바짝 가져다 대고 속삭이듯 말했다. 채팅 창에 올라오는 수많은 웃음 이모

티콘이 승형의 지루함을 걷어 냈다. 여자가 카운터에 물건을 내려놓으며 힐끔, 카운터 위에 놓인 승형의 휴대폰을 봤다. 승형은 태연하게 일어나 바코드를 찍었다.

이틀간, 승형은 아르바이트를 하는 저녁 6시부터 11시까지 내내 편의점 안을 비추며 서른두 명의 얼평을 했다. 아르바이트를 시작하고 닷새째 되던 날 저녁, 처음 얼평의 대상이 되었던 여자가 경찰과 함께 편의점으로 찾아왔다. 근처 술집에서 술을 마시고 있던 점장이 다급히 뛰어왔고, 여자는 라이브 방송 캡처본을 증거로 승형의 도촬을 입증했고, 승형이 미성년자인 것이 밝혀졌고, 부모 동의서를 받지 않고 고용한 점장은 울면서 승형에게 당장 그만두라고 소리를 질렀다. 승형의 첫 아르바이트는 그렇게 끝났다.

"고작 그런 걸로 사람을 잘라? 그 점장 놈, 나한테 자격지심 느껴서 그런 게 분명해. 그놈뿐이겠어? 면접 때 내몸이 어쩌고저쩌고 트집 잡은 사람들도 마찬가지야. 부러우면 부럽다고 하지."

승형은 투덜거리며 밤거리를 걸었다. 스포츠 브랜드 상점 안을 들여다보니 애들 서너 명이 옷을 사고 있었다.

"좋겠다, 부모 잘 만나서."

승형은 다시 걸었다. 옆을 스쳐 지나가는 사람들이 전부 브랜드 옷을 입고 있는 자기 또래 애들로 보였다.

"우리 반 애들도 그렇고, 쟤들도 알바를 해서 샀을 리가 없어. 부모 잘 만난 거지. 나는 왜 이 꼴이냐고. 부모란 사람들이 뭐 하나 제대로 해 주는 게 없어."

중얼거릴수록 모든 것이 부모 탓인 듯했다. 집 현관문을 여는 순간까지도 계속되던 승형의 혼잣말이 멈춘 건, 현관에 덩그러니 놓인 가방을 보았을 때였다. 손잡이에 때가 낀 엄마의 가방 입구에 지갑이 삐져나와 있었다. 승형은 가방에서 지갑을 빼내 집 밖으로 뛰쳐나왔다. 급하게 나오느라 휴대폰이 주머니에서 떨어진 것도 몰랐다.

'이쯤은 해도 돼. 이제까지 엄마가 나한테 해 준 게 뭐가 있어?'

승형은 번화가로 되돌아갔다. 은행 현금 인출기를 발견하자마자 망설임 없이 지갑 안에서 카드를 빼 밀어 넣었다. '비밀번호를 입력하세요.'라는 지시에 엄마의 생일 네 자리를 눌렀다. 틀렸다. 아빠의 생일. 역시나 아니었다. 승형의 생일. 맞았다. 화면이 넘어가고, 기계는 돈을 뱉어

냈다.

"고작 200만 원밖에 없네."

투덜거리는 승형의 입가에 미소가 걸렸다. 승형은 돈을
챙겨 거리로 나왔다.

"뭐부터 사지? 살 게 너무 많아."

승형은 바쁘게 움직였다. 휴대폰 가게에 가서 신형 휴
대폰과 무선 이어폰을 예약하고, 쇼핑몰에 가서 반 애들이
가지고 있던 브랜드의 슬리퍼와 가방을 샀다. 지갑까지
사니 두툼하던 돈뭉치가 금세 홀쭉해졌다.

"마지막은 역시 이거지."

승형은 옷 가게 안으로 들어갔다. 눈앞에 어른거리던
브랜드의 카디건이 가게 안에 걸려 있었다. '잘나가는 십
대 필수품'이란 제목의 유튜브 동영상에 빠지지 않고 등장
하는 아이템, 축제 사회자 후보로 뽑힌 애들이 입고 있던
그 브랜드였다. 승형은 가게에 들어가자마자 미리 봐 둔
카디건을 집어 들고 직원을 불렀다.

"누나, 이거 미디엄 사이즈로 하나씩 주세요."

"미디엄 사이즈요? 손님이 입으실 건가요?"

"그럼 누가 입어요?"

승형의 퉁명스러운 대답에 직원의 말투가 한층 조심스러워졌다.

"이 옷은 사이즈가 많이 작게 나와서요. 저희 브랜드는 원래 오버핏으로 입는 게 예쁩니다. 특히 남자분들은 정사이즈를 입기보다는 크게, 좀 많이 크게 입는 게 유행이고요. 미디엄보다는 엑스 라지를 추천합니다."

"그래요? 그럼 그걸로 주세요."

"예. 피팅 먼저 해 보시겠어요? 엑스 라지는 바로 준비 가능하고, 투 엑스 라지도 있는데 그건 따로 주문하셔야 해요."

"엑스 라지면 오버핏으로 충분해요. 피팅 안 해 봐도 돼요."

승형은 직원이 챙겨 준 쇼핑백을 받아 들고 가게를 나왔다. 200만 원은 사라지고 양손 가득 쇼핑백이 생겼다. 승형은 패스트푸드점에 들어가 햄버거 세트를 시켜 되도록 천천히 먹었다. 밤 11시가 되어 가게 문이 닫힐 때까지 꾸물거리다가 집으로 향했다. 문 여는 소리가 나지 않도록 최대한 조심스럽게 현관문 손잡이를 돌렸지만 쇼핑백 부스럭거리는 소리까지는 어떻게 할 수가 없었다.

현관에 들어선 승형은 불 꺼진 거실 한가운데 멍하니 앉아 있는 엄마를 봤다. 엄마 앞에 놓인 휴대폰에서 뿜어져 나오는 빛이 어둠 속에서 일렁이는 그림자를 더욱 크게 만들었다. 승형은 그 휴대폰이 자신의 것임을 알아차리고는 성난 걸음으로 뛰어 들어가 바닥에 놓인 휴대폰을 낚아챘다.

"내 휴대폰이 왜 여기 있어?"

"현관에 떨어져 있더라."

엄마는 힘없이 대답했다. 그리고 멍하니 허공을 바라보며 중얼거렸다.

"현관에 떨어져 있어서 주웠는데……. 화면에서 이상한 빛이 뿜어져 나오잖아. 그래서 열어 본 거야. 열어 봤는데……. 승형아, 그 앱 뭐니?"

"앱? 엄마, 내 폰으로 뭐 했어?"

승형은 황급히 휴대폰 화면을 살펴봤다. 혹시라도 엄마가 무언가 잘못 건드려서 I필터가 사라졌으면 어쩌나 조마조마했다. 다행히도 I필터 아이콘은 제 위치에 있었다.

"뭔가에 홀린 것만 같았어. 나도 모르게 앱을 클릭해서 사진을 찍었어. 엄청나게 많이……. 그런데 무언가 섬뜩

한 거야. 한 장, 한 장, 사진을 찍을 때마다 내 안의 무언가를 빨아들이는 것만 같았어. 그래서 정신을 차리고 이용 약관을 읽어 봤거든. 그런데 거기에⋯⋯."

"시끄러워. 왜 남의 폰을 함부로 보고 그래."

승형은 엄마의 말을 한 귀로 흘려듣고, 쇼핑백을 챙겨 자신의 방으로 향했다.

"새 폰 받기 전에 **I필터** 설치 파일을 옮겨 놔야겠어. 링크도 저장해 놓고. 이게 없으면 큰일 난단 말이지. 그래도 우선은⋯⋯ 신상을 입어 보는 게 먼저지."

승형은 신나게 쇼핑백을 열었다.

"승형아."

방문이 조금 열렸고, 분주하게 움직이던 승형의 손이 멈췄다.

"그 통장의 돈, 네 외할머니 수술비야."

방 안으로 흘러 들어온 엄마의 목소리는 이상하리만치 무덤덤했다.

"뭐 어쩌라고!"

승형은 문을 닫고는 잠갔다. 이젠 얼굴도 잘 떠오르지 않는 외할머니보단 눈앞에 가득한 새 옷이 중요했다. 승형은 맨 먼저, 새로 산 카디건을 입어 보았다.

"작게 나온다더니 진짜네. 왜 이렇게 꽉 껴?"

승형은 카디건을 벗어 태그를 확인했다. 'XL'라고 적혀 있었다. 다시 입고 **I필터**를 켜 셀카를 찍었다. 사진 속에서 카디건은 승형에게 더없이 잘 어울려 보였다.

"비싼 걸 처음 입어 봐서 불편하게 느꼈나? 완전 잘 어울리네. 이 사진도 커뮤니티에 올려야지. 어? 이게 뭐야?"

휴대폰 갤러리를 열어 본 승형은 미간을 찌푸렸다. 갤러리에 여자 사진이 한가득 저장되어 있었다. 승형이 본적도, 찍은 기억도 없는 사람이었다.

"왠지 낯이 익네, 이 여자. 누구지? 왜 이 사람 사진이 내폰에 저장되어 있지? 백신 한번 돌려야겠다."

승형은 갤러리 속 여자의 사진을 몽땅 삭제했다.

5

무탈한 날들이 이어졌다. 승형은 더 이상 교실 구석에 혼자 앉아 있지 않게 되었다. 쉬는 시간에 함께 매점에 가고, 점심시간에 함께 운동장으로 달려 나갈 친구도 생겼다. 그러나 승형은 만족할 수 없었다. 승형은 점심시간에 하는 축구가 싫었다. 승형이 바라는 건, 점심시간마다 교실 뒤편에 자리 잡고 앉아 떠드는 무리에 끼는 것이었다. 인스타그램에 수천 명의 팔로워를 가지고 있고, 핼러윈이면 코스튬을 차려입고 클럽에 가는 아이들. 드라마 속 십대 셀럽 같은 인생을 살고 있는 아이들. 승형은 그 아이들 사이에 앉고 싶었다. 승형은 매일 그들의 주변을 서성거렸지만 말을 걸진 못했다.

"얼굴은 꿀릴 거 없어. 저건 무슨 브랜드지? 완전 명품으로 떡칠을 했네. 내가 말 걸면 주제도 모른다고 욕하는 거 아냐?"

그때마다 승형은 혼잣말을 중얼거렸지만 자신이 혼잣말을 한다는 것을 의식하지 못했다. 나아가 그 애들이 승형을 곁눈질로 힐끔거리는 것도 알지 못했다.

아침, 거울에 비친 얼굴이 I필터로 찍은 사진 속 얼굴과 완전히 똑같아진 날이었다. 승형은 그들에게 말을 걸어 보자고 결심했다.

"축제 시시하잖아. 이번에 초대 연예인도 다 별로던데.

무슨 고등학교 축제에 트로트 가수를 부르냐."

"내 말이. 우리 엄마가 아이돌 게스트 섭외해 준다고 했는데도 거절했대. 교장이 그 트로트 가수 팬이라고."

"그러니까 축제 날 그냥 째자고. 라이브 카페 빌려서 우리끼리 놀자. 각자 지인 좀 부르고. 우리 다섯 명이 스무 명씩만 불러도 백 명이잖아. 사람 충분할 거야."

승형은 심호흡을 하고, 대화에 열중한 아이들 앞에 섰다.

"나, 나도 그 라이브 카페 가도 돼?"

다섯 명의 시선이 승형에게로 쏠렸다.

"어…… 와도 돼. 와도 되는데……. 이거, 우리가 대여료를 돌아가면서 내는 거거든. 그래서…… 승형이 네가 갑자기 들어오면 순서가 꼬여."

동경하던 대상이 자신의 말을 받아 주었다는 기쁨과, 이 기회를 놓치면 안 된다는 흥분이 승형을 집어삼켰다.

"대여료, 내가…… 내가 낼게!"

"승형이 네가? 라이브 카페 대여료가 한…… 100만 원 되는데?"

"괜찮아, 그 정도는."

"당장 내일 계약금 걸어야 되는데?"

"괜찮다니까. 내일 돈 줄게."

승형은 정신없이 말하고는 후들후들 떨리는 다리로 뒤돌아섰다. "100만 원은 무슨." "오는 사람들한테 회비 걷을 거잖아." "돈 내야 한다고 하면 안 온다고 할 줄 알았지." "하긴. 쟤 대놓고 오지 말라고 하면 눈 돌아서 난리 칠 것 같아." "맞아. 우리 주변에서 혼잣말 중얼거리는 거, 너무 무섭지 않냐." 뒤에서 수군거리는 말들은 승형의 귀에 들리지 않았다. 승형의 머릿속은 오직 한 가지 생각으로 가득 찼다.

'돈. 100만 원을 어떻게 마련하지?'

얼결에 내뱉은 말이었지만 주워 담을 순 없었다. 동경하던 무리에 낄 수 있는 유일한 기회. 그 기회가 승형에게서 오라고 손짓하는 듯했다. 수업이 끝나고 버스 정류장까지 걸어가는 내내 승형은 100만 원, 세 음절만을 곱씹었다.

'여기라도 나가 볼까? 모델 되면 돈 많이 벌 거 아냐. 연예인이 되면 걔들도 나와 친해지고 싶어서 안달을 낼 테고.'

승형은 버스 정류장에 붙은 모델 오디션 공고문을 뚫어

저라 보다가 휴대폰을 꺼내 셀카를 찍었다. I필터로 찍은 사진 속 얼굴은 역시나 완벽했다.

"이 정도면 오디션 1등은 따 놓은 거지."

버스 정류장에 서 있던 사람들 중 한 남자가 힐끔 승형을 바라보았다.

"돼지가 무슨 헛소리야. 모델은 아무나 하나."

돼지라는 말에 승형은 한 발 뒤로 물러섰다. 더 이상 그 것이 자신을 향한 단어일 리 없다고 여기면서도 반사적으로 움찔하게 되었다. 승형은 자기 앞에 선 뚱뚱한 남자를 발견하고, 가슴을 쓸어내렸다.

'나한테 하는 말일 리가 없지. 근데 저 남자, 진짜 뚱뚱하네. 살 좀 빼지. 저렇게 자기 관리를 못 해서야.'

버스 한 대가 도착했고, 정류장에 서 있던 사람들이 우르르 그 버스에 탔다. 정류장에는 승형만이 남았다. 혼자가 된 승형의 혼잣말은 좀 더 커졌다.

"모델 일을 해도 당장 돈이 들어오는 건 아니잖아. 어쩌지. 당장 내일 100만 원."

"내 의뢰를 받으면 된다니까."

이번에는 놀라지 않았다. 승형은 홀린 듯 뒤돌아봤다.

늑대 가면을 쓴 남자가 또다시 승형 뒤에 서 있었다.

"100만 원. 의뢰 이행과 동시에 바로 입금해 줄게."

승형은 도망가지 않았다. 가면을 쓴 남자가 홀로그램이든 귀신이든 더 이상 중요하지 않았다. 당장 내일 쓸 100만 원이 생긴다는 것이 가장 중요했다.

"누구 얼평을 하면 되는데?"

승형이 묻자, 남자는 아무 말 없이 휴대폰을 꺼냈다. 곧 승형의 휴대폰에 사진 한 장이 전송되었다. 사진을 본 승형의 입가가 파르르 떨렸다.

화면에 뜬 사진 속 얼굴. 가면을 쓴 남자가 의뢰한 얼평 대상자.

채린이었다.

＊　＊　＊

'왜 하필 얘야. 박채린, 얘 얼평을 또 하라고?'

승형은 느릿하게 사진을 컴퓨터로 옮겼다. 방송 설정을 맞추고, 늑대 가면을 집어 들면서도 망설여졌다. 귀신처럼 투명해지던 채린의 모습과, 뒤돌아보며 웃던 얼굴이 자꾸만 떠올랐다. 승형은 좀처럼 방송 시작 버튼을 누를 수 없었다.

"한다. 해야지. 박채린이 별거야?"

승형은 결심을 굳히고 늑대 가면을 썼다.

"승형아."

갑자기 들려온 목소리에 승형은 후다닥 가면을 벗었다. 살짝 열린 문틈으로 엄마가 고개를 내밀었다.

"승형아, 엄마랑 이야기 좀 해. 네 폰에 깔린 앱 말이야. I필터인가 하는 거."

"노크하고 들어오라고 했잖아!"

승형은 짜증이 났다. 늑대 가면을 쓴 모습을 들킨 것이 짜증 났고, 방송 시작 버튼을 누르지 못한 것에 안도한 자신에게 짜증이 났고, 자신만 알고 있어야 할 I필터를 엄마가 알고 있다는 것에 짜증이 났다.

"미안해. 그런데 그거 진짜니? 이용 약관에 쓰여 있는 거 말이야."

"이용 약관? 그딴 걸 누가 읽어?"

문이 조금 더 열렸다. 평소엔 승형이 소리를 지르면 곧장 방문을 닫고 사라지던 엄마였다. 승형은 엄마의 얼굴에 짙은 그늘이 진 것도, 방 안으로 한 걸음 밀어 넣는 발끝이 떨리는 것도 보지 못했다.

"거기에 그 앱으로 사진을 찍으면 소원이 이루어진다, 뭐 그런 내용이 쓰여 있었어. 내가 그거, 그 앱을 써서 사진을 찍었거든."

"헛소리 그만하고 나가! 다시는 내 폰에 손대지 마!"

승형은 책상 위에 놓인 거울을 집어 문을 향해 던졌다. 문에 부딪친 거울이 바닥에 떨어져 쨍그랑, 날카로운 소리를 내며 깨졌다. 튕겨 나간 유리 파편이 엄마의 종아리를 할퀴었다. 승형은 엄마의 다리에서 붉은 피가 한 줄기 흘러내리는 것을 보았다.

"그러게 왜 남의 방에 막 들어와. 나가. 나가라고!"

승형은 다리를 감싸 안고 웅크려 앉은 엄마의 몸을 밀어 내고 방문을 닫았다.

"엄마가 잘못한 거야. 내 잘못이 아니라고."

승형은 바닥에 널브러진 유리 조각을 한쪽으로 밀었다. 엄마의 다리에서 흘러내리던 피가 눈앞에 어른거렸다. 언제부터였을까. 엄마에게 물건을 던지는 것이 아무렇지 않게 된 것은. 예전에는 이렇지 않았다. 엄마에게 살가운 편은 아니었지만, 자랑스러운 아들이 되고 싶다는 생각은 종종 했었다. 승형의 아빠는 좋은 아빠가 아닌 만큼 좋은 남편도 아니었기에 더욱 그랬다. "내가 남편 복은 없어도 아들 복은 있어." 엄마가 종종 그런 말을 하는 걸 들을 때마다 기분이 좋았다. 분명 그랬는데, 그 마음은 어느 순간 겹겹이 쌓이는 열등감 아래 파묻혀 버렸다.

'기분 전환이 필요해.'

승형은 I필터를 켜서 사진을 찍었다. 셀카 속 완벽한 얼굴이 승형의 기분을 달래 주었다. 갤러리에 수십 장의 사진이 더해졌다.

"그래. 이 얼굴에 어울리는 사람들하고 어울려야지. 양심이 밥 먹여 줘?"

승형은 다시 컴퓨터 앞에 앉아 망설임 없이 방송 시작 버튼을 눌렀다.

그 순간, 화면이 까맣게 변함과 동시에, 모니터에서 튀어나온 손이 승형의 머리를 콱 붙잡았다. 막 늑대 가면을 쓰려던 승형은 제대로 저항하지 못한 채 모니터에서 튀어나온 손에 이끌려 갔다. 양손으로 의자를 꽉 붙잡았고 다리를 버둥거려 보았지만 소용없었다. 승형을 끌어당기는 힘은 너무나도 강했다. 버둥거리던 승형의 다리가 컴퓨터 책상을 걷어찼고, 그 반동으로 모니터에 박혔던 머리가 빠졌다. 승형의 머리를 놓치고 잠시 허공을 헤매는가 싶던 모니터 속 손이 다시 승형의 허리를 덥석 붙잡았다. 승형은 바닥에 배를 댄 채 속절없이 다시 끌려갔다. 양손으로 방바닥을 긁으며 허우적거리는 승형의 눈에, 열린 문틈과 피 묻은 흰 양말이 보였다.

"엄마! 살려 줘!"

승형은 문 쪽을 향해 필사적으로 손을 뻗었다. 엄마는 엄마잖아. 당연히 나를 구해 줘야지. 그래야 하는 거잖아. 엄마, 엄마! 승형은 연거푸 소리를 질렀지만, 뻗은 손은 계속 허공을 휘저을 뿐이었다.

열렸을 때처럼 조용히, 방문이 닫혔다.

6

"대체 여기가 어디야?"

승형은 바닥에 주저앉은 채 주변을 둘러보았다. 사방의

벽에 모니터가 떠 있었다. 승형은 몸을 일으켜 모니터 앞에 섰다. 모니터에 재생되고 있는 영상이 낯익었다. 방에서 셀카를 찍고 있는 모습, 교실로 향하며 혼잣말을 중얼거리는 모습, 편의점 카운터에 앉아 몰래 라이브 방송을 하는 모습. 수십 대의 모니터는 승형의 일상을 재생하고 있었다. 분명 I필터를 사용한 뒤의 일상들이었으나 예전처럼 뚱뚱한 모습이었다.

"뭐야, 이게. 나는 저런 못생긴 돼지가 아니라고."

"그거 너 맞아."

모니터 옆, 늑대 가면을 쓴 남자가 스르르 모습을 드러냈다. 뒷걸음질 치는 승형 앞에서 남자는 가면을 벗었다. 가면 아래 드러난 남자의 얼굴은 승형과 똑같았다. 아니, 승형이 I필터로 찍은 셀카 속 얼굴과. 승형은 자신을 바라보는, 자신과 똑같은 얼굴을 노려보았다.

"뭘 그렇게 무섭게 봐. 네가 원한 게 이거잖아. 넌 다른 사람은 전혀 신경 안 쓰잖아? 네 눈에만 네가 잘생기게 보이면 그걸로 된 거지. 난 네 욕망을 충실히 들어준 것뿐이야. 그게 I의 역할이니까. 근데 나 좀 긴장하긴 했잖아. 잘 나온 사진에 네가 너무 만족을 해서, 혹시 이대로 열등감이 싹 사라지면 어쩌나 했다니까."

남자의 가벼운 말투는 승형의 말투와 확연히 달랐다. 그 말투가 승형 자신과 눈앞의 남자가 다른 사람이라는 것을 새삼 확인시켜 주었다. 그러자 놀란 가슴이 조금 진정되었다.

"I? 그게 뭐야?"

승형은 떨리는 목소리로 물었다.

"그러니까 이용 약관을 좀 읽어. 글자를 못 읽는 것도 아닌데 그걸 왜 안 읽나 몰라. 뭐, 나야 네가 '예'만 누르면 별 상관없지만. 동의 없이 자리를 빼앗으면 무효가 되거든."

"욕망? 자리를 뺏어? 대체 무슨 소리야? 너 뭐냐고! I가 뭔데!"

승형이 소리를 지르자 남자는 뺨을 크게 부풀렸다가 바람을 뺐다. 어린아이처럼 천진난만한 표정이었다.

"I는 욕망이야. 너, 손톱 먹은 생쥐 이야기 알아? 옛날에 깊은 숲속, 선비 한 명이 절에 틀어박혀서 과거 시험 준비를 하고 있었어. 선비는 이미 다섯 번이나 과거에 떨어진 상태였어. 이번에는 진짜 안되겠다 싶어서 절에 들어가 공부를 했지. 왜, 요즘도 대학 떨어지면 기숙사 학원 들어가잖아. 기숙사 학원은 선생님이 억지로 공부를 시키지만, 절은 아니거든. 절에 혼자 있어 봤자 안 되는 공부가 되겠어? 그렇지 않아도 사람들하고 노는 걸 좋아하던 선비는 사람이 만나고 싶어 미칠 지경이 되었지. 매일 거울을 보면서 이번에는 과거에 붙어야 할 텐데, 하고 중얼거리기만 하고 공부는 안 했어. 그러다가 과거를 보러 갔고, 당연히 또 떨어졌지. 그래도 이젠 집에 갈 수 있단 생각에 신이 나서 발걸음을 옮겼어. 그런데 웬걸. 집에는 선비를 똑 닮은 남자가 먼저 와 있었어. 그것도 과거에 합격해서 비단옷을 입고. 가족 모두가 먼저 도착한 남자를 선비로 알고 있었어. 집은 축제 분위기였지. 선비가 집에 들어가 자신이 진짜라고 말했지만 아무도 믿어 주지 않았어.”

승형은 그만, 하며 신경질적으로 남자의 말을 끊었다.

“알아, 그 이야기. 선비가 자른 손톱을 먹은 쥐가 선비로 변신한 거잖아. 선비 집에 가서 선비인 척하고. 그러다가 지나가던 스님이 고양이를 데려와서 변신한 쥐의 정체를 밝혀내 선비를 구해 줬다는 옛날이야기. 그게 지금 무슨 상관인데? I가 뭐냐고, I가!”

"남의 말은 끝까지 좀 들어. 그럼 너, 생쥐가 선비 대신 과거 시험에 붙은 건 알아? 어떻게 생쥐가 선비의 소원을 알고 있었는지는 이상하지 않아? 정말로, 그냥 돌아다니던 생쥐가 손톱 하나 먹었다고 선비의 모습으로 변할 수 있었을 것 같아?"

남자가 잠시 말을 끊고 승형을 빤히 바라보았다. 남자와 눈이 마주치자마자 승형은 흠칫 놀라 고개를 숙였다. 남자의 눈동자 속에 자신의 모습이 너무나 선명하게 비쳤다. 방에서 이불을 뒤집어쓰고 누워 계속해서 다른 사람의 인스타그램를 들여다보는 모습이었다. 고등학교에 입학하고, 아직 얼평 방송을 시작하기 전의 승형이었다. 그때 승형은 같은 반이 된 아이들의 인스타그램를 염탐했다. 반 애들 누구와도 한마디 말을 섞지 못하고 돌아온 입학식 날. '돼지 같은 애들 짜증 나지 않음?' '자기 관리 꽝.' '요즘은 남자도 관리하는 시대지.' 인스타그램 속 반 애들은 전부 날씬하고 멋졌다. 뚱뚱한 건 오직 자신뿐인 듯했다. 몇 주 전에 달린 댓글이 자신을 향한 것이 아님을 알면서도, 더욱더 이불 안에서 몸을 움츠리게 되었다.

'아니야. 나는 저렇게 한심하지 않아. 저건 절대 내가 아

니야.'

방 안에만 있지 말고 운동을 해 보자, 엄마는 그렇게 말했다. 그럼 헬스장에 가게 돈을 달라고 했더니 돈은 없다고 했다. 운동장이나 공원을 뛰라는 말에 화를 냈다. 노력도 하지 않으면서 화만 내는 게 제 아빠와 똑같다며 엄마는 한숨을 쉬었다. 매일 술만 마시는 한심한 아빠와 비교를 당하는 것에 더욱 화가 나서 엄마에게 마구 책을 집어 던졌다. 책 모서리가 엄마의 이마를 강타했다. 미안했다. 하지만 승형은 엄마에게 미안하다고 말할 수 없었다. 엄마와 대화를 하게 되면, 왜 운동장을 뛰고 싶지 않은지도 이야기하게 될 것 같았다.

중학교 2학년 때, 반 친구 중에 뚱뚱한 애가 있었다. 그 애가 살을 뺀다고 운동장을 빙빙 돌 때 승형은 친구들과 함께 야유를 퍼부었다. 특별한 이유는 없었다. 그저 재미있었다. 몸무게가 100킬로그램 언저리를 맴돌던 그 애가, 승형의 눈에는 자신과 아예 다른 존재로 보였다. 자신은 절대 저렇게 살이 찔 리 없다고 믿었으니까. 자신과 다른 존재를 놀리는 일은 죄책감 없이 즐길 수 있는 오락거리였다. 그저 재미로 한 일이었기에, 엄마가 학교 폭력에 대한 뉴스를 보며 혀를 찰 때 옆에서 맞장구칠 수 있었다. "다른 사람 괴롭히는 저런 애들, 정말 한심하지 않니?" 그렇게 말하는 엄마의 뺨에는 긁힌 상처가 나 있었다. 아빠가 던진 술병에 맞은 것이다. 그것을 보면서 절대 아빠 같은 사람은 되지 말아야지 다짐했었다.

하지만 살이 찌고 난 후 알았다. 자신과 다른 존재인 줄 알았던 그 애가 곧 자신이었다. 운동장을 뛰면, 자신이 그랬듯 누군가 야유를 퍼부을 것만 같아서 무서웠지만 그렇다고 그 공포를 엄마에게 털어놓을 수는 없었다. 그랬다가는 '한심한' 사람이 될 테니까.

말하고 싶다. 이 검은 구름 같은 감정을, 누구에게든 털어놓고 구해 달라고 하고 싶었다. 그러나 그럴 수 있는 상대가 없었다. 가끔 엄마에게 모든 걸 털어놓고 싶었지만, 엄마가 자신을 학폭이나 저지르는 한심한 아들로 여길 걸 상상하니 도저히 그럴 수가 없었다. 승형은 점점 엄마와 대화하지 않게 되었다. 처음에는 무슨 일이냐고 묻던 엄마도, 차츰 닫힌 문을 빼꼼히 열고 꼭 필요한 말만을 하게 되었다.

엄마는 나를 포기했구나.

그렇게 생각하자 더욱더, 이불 안에서 나올 수가 없었다.

"그리고 정말로, 스님이 생쥐를 원래 모습으로 되돌려서 선비를 구해 줬을 것 같아?"

남자가 눈을 깜빡이자, 눈동자에 비치던 승형의 모습이 사라졌다. 남자는 어느새 한 발 더, 승형에게 가까이 다가와 서 있었다.

"옛날이야기는 말이야, 세월이 지나면서 많이 바뀌기도 해. 내가 아는 버전은 이래."

남자의 목소리에 승형은 몽롱해졌다. 정신 차려야 해. 승형은 찰싹, 자신의 양 뺨을 가볍게 때렸다.

"선비는 결국 집에서 쫓겨났지. 집에 있는 가짜는 쥐나 지렁이가 변신한 요괴일 거라고 생각했어. 그때 그런 이야기가 널리 퍼져 있었거든. 쥐가 사람의 손톱이나 발톱을 갉아 먹으면 사람이 된다는 소문. 그런 요괴를 상대하는 데는 고양이가 최고라면서 영물 고양이를 파는 사람이 있을 정도였지. 선비는 고양이를 사기로 마음먹었어. 시장으로 가는데 갑자기 자기 손끝이 흐릿하게 보이지 뭐야. 금방이라도 사라질 것처럼 말이야. 더럭 겁이 난 선비는 시험 준비를 하던 절로 갔어. 그곳 스님은 선비의 이야기를 듣더니 끌끌 혀를 찼어. 거울에 비친 선비님의 욕망이, 선비님이 되어 이 세상으로 나와 선비님의 자리를 빼앗았군요, 하고 말했지."

승형은 달달 다리를 떨었다. 빨리 이곳에서 빠져나갈 방법을 알아내야 한다는 조바심에, 남자의 이야기는 전혀 귀에 들어오지 않았다.

"선비는 그 가짜를 없앨 방법이 없냐고 물었어. 그러자 스님이 두 가지 방법을 말해 줬어. 그중 선비가 할 수 있는 건 거울을 깨는 것뿐이었지. 선비는 허둥지둥 자기가 머물던 방으로 갔어. 벽에 걸린 거울을 깨려고. 선비가 거울을 집어 든 순간, 거울에서 수백 개의 손이 뻗어 나와 선비를 거울 속으로 끌고 들어갔지. 하지만 아무도 선비가 사라진 걸 눈치채지 못했어. 선비의 욕망이, 선비의 역할을 훌륭하게 해내고 있었으니까. 선비의 욕망은 그대로 선비가 되어서, 평생 행복하게 살았대."

"그러니까, 그깟 옛날이야기가 나랑 무슨 상관이냐고!"

결국 승형은 남자의 말허리를 자르며 버럭 소리쳤다. 남자는 그런 승형을 아랑곳하지 않고, 옛날이야기라도 하는 듯 경쾌하게 이야기를 마무리 지었다.

"욕망은 말이야. 무언가를 탐하는 마음이야. 사람들의 욕망은 어느 시대고 흘러넘치지. 갈 곳 잃은 마음이 한곳에 모여 응축되면, 어떻게 될 것 같아? 욕망을 이룰 수 있는 현실을 원하게 돼. 실체화된 몸을 가지고 싶어 하게 되지. 선비의 자리를 빼앗은, 선비의 욕망처럼."

한 톤 낮아져 차분해진 남자의 목소리가 승형의 귓가를 휘감았다.

"나는 김승형, 너의 욕망이야."

"욕망……?"

"네가 휴대폰 카메라로 널 찍으며 화면을 들여다볼 때마다, 이 앱 안으로 욕망이 뚝뚝 떨어져 내렸지. 그게 나를 이끌어 낸 거야. 인터넷이란 건 참 신기해. 옛날에는 이렇게 많은 사람들의 욕망이 한 공간에 모인다는 게 쉬운 일이 아니었어. 하지만 이젠 아니야. 휴대폰이며 컴퓨터를 통해, 사람들은 자신의 욕망을 가감 없이 드러내지."

"그러면…… 네가 I필터 앱을 만든 거야?"

남자는 고개를 가볍게 가로저었다.

"I필터 앱을 누가 만들었는지는 나도 몰라. 한 가지 알 수 있는 건, 일반적인 수준을 뛰어넘어 저주와도 같은 힘을 가지게 된 욕망의 결과물이라는 거지. 욕망으로 만들어진 이 앱은, 욕망을 불러들여. 자석처럼 끌어당기지. 온갖 곳을 떠돌아다니던 욕망 덩어리들을. 그것들에게 실체를 부여해 준다고. 그게 I야. 실체를 부여받은 욕망. I가 원하는 건 딱 하나지. 사람의 자리. 마음뿐인 존재니까, 몸을 원하는 거야. 사람으로 살고 싶어 하는 거지."

승형은 마른침을 삼켰다. 남자의 이야기가 머릿속에서 뒤엉켜 좀처럼 정리가 되지 않았다.

'욕망이라니? 나는 뭘 욕심내거나 한 적 없어. 인스타그램를 보고 다른 사람 부러워하는 건 누구나 하는 일이잖아? 그게 이런 일을 당할 정도로 나쁜 짓이야?'

억울해서 눈물이 나올 것만 같았다. 승형은 주먹을 꽉 움켜쥐었다.

"왜 하필 난데? 왜 하필 나를 노린 거냐고!"

승형이 소리치듯 묻자, 남자는 어깨를 으쓱거렸다.

"그야, 네가 I필터의 링크를 받았으니까."

"그러니까 그 링크가 왜 나한테 온 거냐고! 누가 날 함정에 빠뜨리려고 일부러 보낸 거지? 채린이? 걔야? 걔가 나한테 앙심을 품고 그런 거냐고!"

"진정해. I필터는 누가 누구한테 보내는 게 아냐. 퍼져 나가는 거지. 한 명의 I가 타깃의 자리를 빼앗는 데 성공해. 그럼 그 주변의 강한 욕망을 가진 사람에게 자동으로 전송되는 거야. 채린이라는 이름으로 너에게 링크가 전송되어 온 건, 그 이름이 너를 가장 자극할 존재이기 때문이야. 타깃이 링크를 열도록 I필터 앱이 유도하는 거지."

"그럼 I는…… 너 하나가 아니라는 거네."

"몇이나 되는지는 나도 몰라. 지금까지 자리를 빼앗는 데 성공한 게 두 명뿐이라는 것만 알지. 내가 네 자리를 빼앗으면, 세 명째가 되겠지."

"서로 알아볼 수 있어? I끼리."

승형은 뒤엉킨 머릿속을 정리하기 위해 계속 남자에게 질문을 던졌다.

"알아보지. 알아보는데……. I를 사냥하는 I가 있다는 소문이 있단 말이지. 다른 I를 억지로 앱 안으로 돌려보내는 I가 있다는 소문. 웃기지도 않아."

순간, 남자의 목소리에 바짝 날이 섰다. 승형은 제자리에 못 박힌 듯 서서, 남자가 조금씩 가까이 다가오는 것을 보았다. 당장에라도 도망치고 싶었지만 다리가 움직이지 않았다. 모니터 안으로 끌어당기던 손 수십 개가 다리를 붙잡고 있는 듯이 느껴졌다.

"그렇지만 난 쉽게 안 당할 거야. 승형이 네 덕분에 두 사람의 욕망을 흡수했거든."

"두, 두 사람?"

"승형이 너를 있는 그대로 사랑해 주는 사람. 그 사람의 욕망이 너의 욕망과 연결되어 있더라. 그 사람이 I필터로 사진을 찍은 덕분에 그 사람의 욕망도 흡수할 수 있었지."

남자는 승형 바로 앞에 서서 짝, 손뼉을 쳤다. 승형의 일상을 반복해서 재생하던 모니터에 사진이 주르르 떠올랐다. 승형이 I필터로 찍어 커뮤니티에 올린 사진들이었다. 수십 명의 얼평 진행자들이 승형의 사진을 보며 찬사를 보내고 있었다.

"뭐야, 이게……."

"누구에게도 열등감을 느끼고 싶지 않다는 게 네 소원이잖아. 너도 겪어 봤으니까 알지? 그건 외모가 아름다운 걸로는 이룰 수 없는 소원이야. 사람은 누구든 다른 사람에게 열등감을 느껴. 예쁜 사람은 말 잘하는 사람을 동경하고, 말 잘하는 사람은 침착한 사람을 동경하지. 누군가는 그 동경을 발판으로 자신을 발전시켜. 누군가는 동경을 열등감으로 바꾸어 남을 탓하며 살지. 열등감을 느끼지 않고 사는 방법은 다른 사람하고 마주치지 않고 사는 것뿐이야. 봐, 이 방."

짝. 남자가 다시 손뼉을 쳤다. 승형은 텅 비었던 방에 침대와 책상 등 갖가지 가구가 생겨나는 것을 봤다. 바로 눈앞에서 일어나는 일조차 모니터 너머의 것인 양 느껴졌다.

"뭐든 다 있어. 부족한 게 있으면 머릿속에 떠올리면 돼. 그럼 생길 거야. 넌 여기서 평생 칭찬만 들으면서 살면 돼."

남자는 승형에게서 등을 돌렸다. 남자 바로 앞에 있던 모니터가 전파 오류라도 난 듯 지지직거리더니 문으로 모양을 바꾸었다. 승형은 그제야, 이 방 어디에도 문이 없다는 것을 알았다. 딱 하나, 방금 만들어진 것을 제외하고는.

"그럼 잘 있어. 걱정 마. 네 두 번째 욕망도 내가 잘 이루어 줄 테니."

"두 번째 욕망?"

승형을 바라보는 남자의 눈이 붉은빛으로 일렁거렸다.

"인정받는 아들이 되고 싶다는 욕망. 사람은 참 오묘해. 한 사람이 가진 욕망도 참 다양하고. I는 말이야, 욕망 그 자체거든. 그러니 닮은 욕망을 가진 사람을 타깃으로 정하게 되어 있어. 난 좀 궁금해. 네가 나의 타깃이 된 건 어떤 욕망 때문일까? 열등감? 아니면 인정받고 싶다는 욕구? 하긴. 그 두 욕망은 결국 동전의 앞면과 뒷면 같은 거긴 해. 늘 같이 작동하지."

남자는 고개를 끄덕이고는 승형에게서 몸을 돌렸다.

"기다려!"

승형은 남자의 어깨를 붙잡았다. 이대로 남자가 사라지고 이 문이 다시 모니터로 변하면 평생 이곳에서 나갈 수 없을 터였다. 공포를 뛰어넘는 절박함이 승형을 움직이게 했다.

"내가 원한 건 이런 게 아냐! 어떻게 하면 밖으로 나갈 수 있어? 내 자리를 찾을 수 있냐고! 스님이 선비에게 방법을 말해 줬다며. 그런 방법이 있을 거 아냐!"

남자는 자신의 어깨를 붙잡고 있는 승형의 손을 붙잡고는, 손가락 하나를 억지로 펴 들게 만들었다.

"첫째, 바깥에 있는 누군가가 내가 진짜가 아니라는 걸 눈치챈다. 내가 네 자리를 빼앗은 가짜라는 걸 알아차렸다는 건 네가 어떤 모습이든 알아볼 수 있을 정도로 널 사랑한다는 뜻이지. 네가 어떤 얼굴이든, 어떤 성격이든, 어떤 행동을 하든 너를 있는 그대로 사랑하는 사람. 그 사람이 진짜인 너를 원하는 이상, 가짜인 내가 그 자리를 완전히 빼앗을 수는 없어."

손가락 두 개. 남자는 천천히 남은 손가락을 모두 펴게 만들어, 승형의 손을 자신의 어깨에서 쉽게 떼어 냈다.

"둘째, 가장 확실한 방법. 네 휴대폰에서 앱을 삭제한다. I필터는 선비가 들여다보았던 거울 같은 존재야. 떠도는 욕망이 현실로 실체화되어 나올 수 있게 해 주는 문 같은 거지. 하지만 이제 그건 불가능하겠지? 그 휴대폰은 내 것이 될 테니까."

남자의 말을 유심히 듣고 있던 승형의 얼굴에 미소가 떠올랐다.

"뭐야. 그런 거면, 넌 절대 내 자리를 못 빼앗아."

승형은 긴장이 풀려서, 서 있던 자리에 철퍼덕 주저앉았다.

"왜 그렇게 생각해?"

"다른 사람은 몰라도 엄마는 알아볼 거야. 네가 가짜라는 걸."

남자는 몸을 숙여 승형의 귓가에 바짝 입을 가져다 대고는 속삭였다.

"선비 부모님 말이야. 진짜 선비가 가짜인 걸 못 알아봤을까? 과거 공부도 제대로 안 하고 재산만 축내는 진짜 아들이 지긋지긋해서 가짜를 선택한 것일 수도 있다는 생각은 안 들어?"

"뭐……?"

"두 사람이라고 했잖아, 내가."

남자는 몸을 일으켜 문 너머로 사라졌다. 승형은 문이 모니터로 변하는 것을 보며 남자의 속삭임을 되뇌었다. 두 사람. 남자는 말했었다. 두 사람의 욕망을 흡수했다고.

승형은 떠올렸다. 휴대폰에 저장되어 있던 수십 장의 여자 사진과, 이곳으로 끌려 들어올 때에 본 피가 엉겨 붙은 하얀 양말을. 엄마는 말했었다. **I필터**로 사진을 찍었다고. 그걸로 사진을 찍으면 욕망을 이루어 준다는 게 무슨 말이냐고.

문은 이제 완전히 모니터가 되었다. 모니터에 집 안으로 들어서는 승형의 모습이 비쳤다. 화면 속 승형은 엄마를 끌어안았고, 엄마의 손을 붙잡고 거실에 앉아 종아리에 반창고를 붙여 주었다. 승형은 봤다. 모니터 속, 자신이 아닌 또 다른 승형을 빤히 바라보다가 스르르 눈을 감아 버리는 엄마의 얼굴을.

"엄마, 엄마의 욕망은 뭐였어⋯⋯?"

승형의 혼잣말은 사방에 울리는 칭찬의 홍수에 파묻혀 떠내려갔다. 💗

채린의 이야기

누구든 나 좀 도와줘.

1

채린이를 구할 수 있게 도와줘.

일요일 오후, 서연은 친구들과 영화를 보고 나오는 길이었다. 영화관 앞에서 휴대폰을 켜자마자 화면에 메시지가 떠올랐다. 저장되어 있지 않은 번호였다. 그럼에도 무시할 수 없었던 건 '채린'이란 이름 때문이었다. 서연은 이전에도 '채린'이라는 이름이 쓰인 메시지를 받은 적이 있었다. I필터 앱의 링크가 첨부되어 있던 메시지. I필터 때문에 겪었던 일을 떠올리면 지금도 등골이 서늘해졌다. 서연과 얼굴이 똑같은 I가 서연 행세를 하며 돌아다녔고, 서연은 사라질 뻔했다. 그때 서연을 도와준 이가 채린이었다. I필터 링크를 보낸 것도 채린, I필터로부터 서연을 구해 준 것도 채린. 서연은 그 사건 이후 인스타그램 계정을 삭제했다. 친구들과 함께 찍을 때가 아니면 셀카는 찍지 않았고, 다운받았던 카메라 앱도 모두 삭제했다.

"서연아, 뭐 해?"

친구들이 우두커니 서 있는 서연을 불렀다.

"아니야. 아무것도."

서연은 휴대폰을 주머니에 넣었다. 친구들에겐 말할 수 없었다. 친구들 중 누구도 I를 기억하지 못했다. I와 마주 앉아 대화를 했던 아이들도 그랬다. 누군가 친구들의 머릿속에서 I와 관련된 기억만 지우개로 박박 지워 낸 것 같았다.

"너네 가면 늑대 방송 봤어?"

"봤어. 자기가 얼평했던 사람들한테 사과하는 거. 갑자기 웬 개과천선이냐고 난리 났잖아."

"쇼하는 거 아냐?"

"난 가면 늑대 얼굴이 더 충격이었어. 걔가 커뮤니티에 자기 셀카라고 올렸던 사진하고 달라도 너무 다르잖아. 앱 뭐 쓴 건지 제일 궁금하더라."

"사진은 진짜 훈남이었는데. 걔는 왜 갑자기 가면까지 벗고 그러나 몰라. 난 걔가 아무리 사과를 해도 좋게 안 보여. 채린이도……."

한참 이어지던 수다가 뚝 끊겼다. 카페에 모여 앉아 있던 친구들은 저마다 서연의 눈치를 살폈다.

"채린이…… 그래도 요즘 좀 달라진 것 같아."

"맞아. 여전히 말은 안 하지만 서연이랑 밥도 같이 먹잖아. 그렇지, 서연아?"

그걸 '같이' 먹는다고 할 수 있을까. 서연은 잠시 대답을 망설였다. I필터 사건 이후, 채린은 종종 급식실에서 서연 앞자리에 앉곤 했다. 그렇다고 뭐라고 말을 하는 것은 아니었고, 그저 묵묵히 밥만 먹었다. 서연은 채린에게 물어보고 싶은 게 무척 많았다. "너, 나한테 이용 약관 읽어 보라는 말 왜 했어?", "그때 앱 지운 거, 알고 한 거야?", "그때 다른 사람들은 내가 안 보이는 것 같았는데, 넌 어떻게 날 봤어?", "채린아, 너는 I를 기억하지?" 등등. 하지만 입을 다문 채린에게 먼저 말을 걸 용기는 나지 않았다.

"응, 그렇지. 맞다, 우리 수행 평가 내일까지지? 이번 과제 너무 어렵지 않아?"

서연은 대화의 방향을 틀었고, 테이블은 다시 수다로 뒤덮였다. 친구들의 말에 기계적인 리액션을 하며 앉아 있는 내내, 주머니 안 휴대폰이 신경 쓰였다. 서연은 친구들과 헤어지자마자 휴대폰을 꺼내 다시 메시지를 봤다.

'신경 쓰지 말자. 또 이상한 일에 휘말리면 어떻게 해.'

서연은 휴대폰을 가방 깊숙이 밀어 넣었다. 하지만 집으로 향하는 동안에도 메시지가 머릿속에서 어른거렸다. 결국 서연은 집에 도착하자마자 휴대폰을 꺼내 골똘히 들여다보았다.

"서연아, 뭘 그렇게 봐?"

서연이 한참이나 현관에 쪼그리고 앉아 휴대폰을 보고 있자, 하연이 의아한 듯 물었다.

"언니, 언니도 I, 기억 안 나지?"

"I? 그게 뭔데?"

역시다. 하연의 기억도 지워졌다. 서연은 그날 이후 누구와도 I에 대한 이야기를 나누지 못했다. 주변의 모두가 기억하지 못하는 일을 혼자 기억한다는 것은 힘든 일이었다. 가끔은 혼자 이상한 나라에 다녀온 앨리스가 된 듯 느껴지기도 했다.

너 누구야? I필터를 알아?

서연은 결국 전송되어 온 메시지에 답을 보냈다.

나 유경이야.

유경? 서연은 기억을 더듬어 보았다. 아무리 애써도 '유경'이란 이름은 떠오르지 않았다.

한 1년 전에 채린이랑 같이 너 만났어.
그때 번호도 교환했잖아.
넌 내 번호 저장 안 했나 보네.

1여 년 전이면 채린이 아이돌 연습생일 때다. 그때 서연은 채린의 연습생 동료를 몇 번 만난 적이 있었다. 서연의 언니 하언이 연예인이기에, 서연에게 일방적인 친밀함을 보이며 인스타그램 아이디나 번호를 교환하자고 하는 애들도 있었다. 서연은 자신의 아이디를 알려 줘도, 상대의 아이디를 저장하지는 않았다. 그 애들은 자신과 친해지고 싶은 게 아니었으니까. 유경도 그런 애들 중 한 명이었던 모양이다.

내 질문에 대답해. 너 I**필터** 알아?

알아. 아니까 너한테 이렇게 연락한 거지. 너도 만났지? I를.

왜 내가 I를 만났다고 생각한 거야?

인스타그램에서 네가 친구들이랑 같이 찍은 사진 봤어. 너한테만 필터 효과가 적용되지 않았더라. 그거 보고 혹시나 했어.

필터?

I**필터**를 썼다가 삭제하면 그 뒤론 어떠한 필터도 적용이 안 돼.

> 네가 그걸 어떻게 알아?

> 나도 **I필터**를 쓴 적이 있으니까. 나도 알아. 갑자기 연락해서 이런 말 하면 믿기 힘들겠지. 하지만 난 절박해. 난 정말 채린이를 돕고 싶어. 채린이를 I에게서 구해야 해.

서연은 메시지를 쓰던 손을 멈췄다. 휴대폰 키보드에 손가락을 댄 채 유경에게서 온 메시지를 곰곰이 다시 읽었다.

'얘를 믿어도 되는 걸까?'

I를 아는 사람이라면 누구하고든 대화를 나누고 싶었다. I를 만났던 게 현실이었음을 확인하고 싶은 마음과, 다시 위험에 빠지고 싶지 않은 마음이 치열한 전투를 벌였다.

'하지만 진짜 채린이가 위험한 거면…….'

약 1년 전, 채린이 옥상에서 뛰어내렸던 날에 도착했던 메시지. 그 메시지를 무시했다는 사실이 지금껏 서연을 괴롭혔다. 또다시 그런 후회를 하고 싶지는 않았다. 마음을 정하고 유경에게 메시지를 보내려 할 때였다.

내가 증거를 보여 줄게.

유경이 보낸 메시지가 화면에 떠올랐다.

다음 주 토요일 오후 2시. 너희 학교 앞
640번 버스 정류장에서 기다릴게.

메시지는 그것으로 끝이었다. 서연이 한참을 기다려도
화면에는 더 이상 아무것도 떠오르지 않았다.

* * *

채린을 I에게서 구해야 한다.

'무슨 뜻일까? 채린이도 내가 그랬던 것처럼 I에게 자리
를 위협받고 있는 걸까? 그럼…… 저 애가 채린이가 아닐
수도 있다는 거야?'

서연은 교실 창문 밖으로 운동장을 내려다보았다. 배구
를 하는 채린의 모습이 보였다. 유경의 메시지를 받은 지
나흘째. 서연은 학교에 있는 내내 채린을 눈으로 좇았다.

'채린이가 채린이가 아니라 I라면, 왜 나를 도와준 걸까? 그럴 이유가 없잖아. 애초에 I는 그때 사라진 거 아닌가? 아니면 I가 한 명이 아닌 거야? 모르겠다. 아는 게 너무 없어.'

서연은 창밖에서 시선을 거두었다. I가 채린의 행세를 하고 있다고 해도 자신은 알아볼 수 없을 터였다. I가 서연의 행세를 했을 때, 서연의 친구들도 서연을 알아보지 못했다.

"차라리 채린이에게 대놓고 물어볼까?"

채린이, 채린의 행세를 하고 있는 I라면 '너 I야?' 하고 묻는 질문에 조금은 움찔하지 않을까. 아무리 고민해도 그 방법 말고는 떠오르지 않았다. 얼굴도 기억나지 않는 유경을 믿고 토요일에 약속 장소에 나가느냐, 아니면 채린에게 직접 물어보느냐. 서연은 수업이 끝날 때까지 망설이다가 마음을 굳혔다.

'채린이에게 먼저 말을 해 보자. 날 도와줬잖아. 언제 물어보지? 학교에서는 좀 그래. 다른 애들이 들으면 이상하게 생각할지도 모르고. 할 말이 있다고 불러내면 채린이가 나올까?'

고민에 고민이 줄을 이었다. 학교 정문을 나서고, 친구들과 편의점에서 라면을 먹고, 집에 들러 옷을 갈아입고, 학원에 가기 위해 다시 집을 나설 때까지 서연은 채린에게 말을 걸 타이밍을 고민했다. 그래서였을 것이다. 그 어두운 곳에서 채린의 뒷모습을 알아본 것은. 학원 차가 정차하는 골목은 주택가와 맞닿아 있었지만, 주차장으로 쓰이는 공터 쪽에 더 가까워서 인적이 드문 곳이다. 가로등도 딱 하나뿐이라 차에서 내릴 때마다 발걸음을 재촉하게 되는 곳. 서연은 그 공터 안쪽에 서 있는 채린을 봤다. 주차된 승합차에 가려져 잘 보이지 않았지만, 분명히 채린이었다.

'지금이야. 지금 물어보자.'

서연은 조심스럽게 채린에게로 다가갔다. 이 정도 거리면 작은 목소리로 불러도 채린이 들을 수 있겠다 싶을 만큼 가까워졌을 때에야 서연은 채린이 혼자 있는 게 아니라는 것을 알았다. 채린 앞에는 한 여자가 서 있었다.

"어떻게 그걸 아는 거지? 아냐. 난 아무것도 몰라. 난 아무것도 안 했어. 소원을 빌거나 한 적도 없어. 승형이는 그냥 정신을 차린 거야. 착해진 것뿐이야. 원래 착했어. 그냥, 그냥 잠깐 삐뚤어졌던 거야……."

서연이 서 있는 곳에서 여자의 얼굴은 보이지 않았지만 떨림 가득한 목소리는 들렸다. 채린을 부르려던 서연은 꿀꺽, 마른침과 함께 채린의 이름을 목 아래로 삼켰다.

"아줌마, 계속 그렇게 자기 자신을 속일 수 있을 것 같아요? 아줌마도 알잖아요. 집에 있는 아들이 가짜라는 거. 난 경고해 주는 것뿐이에요. 가짜가 가진 휴대폰. 그래요. 그건 원래 진짜 아줌마 아들의 거였죠. 그 안의 I필터 앱을 삭제하세요."

채린의 목소리는 더없이 서늘했다. 서연은 발소리를 죽여 한 걸음 더, 채린과 여자가 마주 보고 선 승합차 쪽으로 다가갔다. 희미한 가로등 불빛 아래, 승합차에 등을 대고 선 여자의 얼굴이 얼핏 보였다. 서연의 부모님과 비슷한 나이로 보이는 여자는 가쁜 숨을 몰아쉬었다.

"삭제하면…… 어떻게 되는데?"

"지금 집에 있는 가짜 아들은 사라지고, 진짜가 돌아오게 되죠."

여자는 양손을 꽉 움켜잡았다.

"그건 안 돼. 이제까진 남편도 아들도, 다 나한테 짜증을 내니까 나도 그게 당연한 줄 알았어. 하지만 아니었어. 지금의 승형이가 그걸 알게 해 줬어. 고맙다는 그 말 한마디가 얼마나 힘을 주는지 알아? 그런데 그 애가 없어진다고? 안 돼. 그렇게는 못 해."

"그럼 아줌마 아들은 죽어요."

"뭐?"

"영영 이 세계로 돌아오지 못하니까, 그게 죽는 거죠. 그럼 아줌마는 아들을 죽인 살인자가 되는 거네요."

"살인자라니……!"

살인자. 채린의 입에서 나온 그 단어에 서연도 흠칫 놀랐다. 채린이 서연 자신에게 그렇게 속삭인 것만 같았다. 살인자. 네가 그때 내 연락만 받았어도 그런 일은 없었을 거야. 나도 죽을 뻔했잖아. 채린이 한 적도 없는 말이 서연의 머릿속에 자꾸만 떠올랐다.

"앱을 삭제하지 않으면 아들이 죽을 걸 알면서도 모른 척, 그게 살인이죠."

채린이 여자에게로 한 발 더 가까이 다가갔다. 여자는 채린의 어깨를 밀치고 뛰어나갔다. 서연도 뛰었다. 어둠 속에서 들리던 채린의 목소리가 너무나도 섬뜩해서, 그 자리에 있다는 것을 들키면 안 될 것만 같았다.

'저 아줌마는 누구지? 채린이가 왜 저런 무서운 말을 하는 거야?'

스산하게 퍼지던 채린의 목소리가 서연의 등을 떠밀었다.

'유경이를 만나 보자.'

채린을 믿고 싶었다. 하지만 어둠 속에서 등을 돌리고 서 있던 채린은 너무도 낯설어 보였다. 그 낯섦이, 채린이 진짜 채린이 아니라 I이기 때문인 것은 아닐까. 서연은 도망치듯 뛰어 공터를 벗어났다.

2

유경은 버스 정류장에서 기다리고 있었다.

"버스 온다. 타."

서연은 무어라 물을 새도 없이, 유경의 재촉에 떠밀리듯 버스에 탔다. 처음 타는 번호의 버스. 정체를 알 수 없는 상대. 버스가 흔들릴 때마다 목 아래까지 차오른 불안이 함께 흔들렸다.

"지금 어디 가는 거야?"

"병원."

"병원? 거기를 왜? 유경이라고 했지? 네 말 듣고 확인해 봤어. 친구 폰으로 셀카 찍어 봤는데, 정말로 나만 필터 적용이 안 되더라. 넌 어떻게 그렇게 I필터에 대해서 잘 아는 거야?"

흔들리는 불안은 질문이 되어 쏟아져 나왔다.

"가 보면 알아."

그러나 돌아온 대답이 그뿐이었기에 서연의 불안은 버스가 멈춘 후에도 계속해서 흔들려야 했다. 서연은 유경의 뒤를 따라 오르막길을 올랐다. 유경은 병원 정문을 지나 산책로 쪽으로 향하더니, 나무 뒤에 몸을 숨기듯 섰다.

"뭐 하는 거야?"

"조금만 기다려 봐."

서연도 어쩔 수 없이 나무 뒤에 섰다. 유경이 쿡, 서연의 옆구리를 찌르고는 손가락으로 어딘가를 가리켰다. 한 여자가 휠체어를 밀고 병원 안에서 나왔다. 서연은 휠체어를 밀고 있는 여자와, 휠체어를 탄 여자의 얼굴을 번갈아 바라보았다. 꽤 떨어져 있었고, 휠체어에 탄 여자는 얼굴에 붕대를 감고 있었지만, 누구인지 분명했다. 두 명 다 채린이었다. 서연은 한 손으로 자신의 입을 막았다. 그러지 않으면 비명이 터져 나올 것만 같았다.

"저게 내가 말한 증거야."

이제 서연은 유경을 믿을 수밖에 없었다.

*　　*　　*

나는 채린이랑 같은 연습생이었어. 그건 알지? 나랑 채린이가 속해 있던 기획사, 나름 아이돌 명가로 유명했잖아. 거기가 아이돌 명가인 이유가 있어. 월말 평가 경쟁을 엄청 심하게 시키거든. 다들 사이좋은 척했지만 서로 견제하고, 눈치 보고⋯⋯. 스트레스가 장난 아니었어.

그런 괴담 있잖아. 전교에서 2등만 하는 애가 1등을 옥상에서 밀어 버려서, 죽은 1등이 머리로 콩콩콩 뛰어다니며 자기 죽인 사람 찾아 학교를 헤맨다는 이야기. 왜 연습생 버전은 없는지 이해가 안 돼. 거기야말로 2등은 전혀 쓸모가 없는 세계거든. 1등을 한 사람만 데뷔조에 들어가니까. 그래서였어. 내가 방송국에 떠도는 괴담에 관심을 가지게 된 건. 그러다가 I필터에 대해서도 알게 된 거야. 아이돌 그룹이 있었는데……. 응? 너도 아는구나. 하긴, 하연이 언니가 있으니까. 연습을 쉬는 시간에, 내가 그 이야기를 다른 애들한테 해 줬어. 그랬더니 몇몇이 빈정거리더라. "유경이 얘 그 앱 링크 받은 거 아냐? 박채린 이기고 월말 평가 1등 하게 해 달라고 소원 빌고." "이기게 해 달라는 거면 다행이게? 박채린 사라지게 해 주세요, 하고 소원 빌어도 인정. 솔직히 채린이 혼자서 너무 1등 독차지하잖아."

맞아. 나와 채린이는 모두가 다 아는 라이벌이었어. 매번 채린이가 1등. 나는 2등. 오해는 하지 마. 우리 친했어. 서연이 너도 채린이랑 친했으니까 알지? 채린이 엄마, 엄청 엄하잖아. 월말 평가도 1등 해야 하고, 학교 성적도 상위권이어야 하고. 연습 끝나고 다 같이 햄버거나 떡볶이 먹으러 갈 때가 있는데, 채린이는 정말 한 번을 못 갔어. 연습 끝나자마자 걔네 엄마가 전화를 했거든. 거의 24시간 밀착 감시하는 수준이었다니까.

월말 평가 다가오면 채린이는 거의 울면서 연습했어.

그만큼 스트레스가 컸던 거야. 난 그런 채린이를 안쓰러 워하며 달래 줬지. 1등만 데뷔조 갈 수 있는 건 맞는데, 난 마음이 급하지 않았거든. 채린이가 데뷔조에 가면 어차 피 그다음은 바로 나잖아. 오히려 주변에서 우리 둘을 사 이 나쁜 것처럼 몰고 가지 못해 안달이었어. 실력 없는 애 들일수록 남 이간질하는 걸 좋아한다니까. 그때 그런 말 을 하는 애들도 딱 그런 부류였어. 거기에 일일이 반응하 면 진짜 끝이 없어. 그래서 웃어넘겼어. 그런데 하루는 채 린이 표정이 영 안 좋은 거야. 그날이 월말 평가 이틀 앞둔 때라 긴장했나 싶었지.

다음 날 새벽이었어. 한 유튜브 채널에서 채린이의 얼 평을 한 게. 평소라면 그런 얼평 같은 거, 속상해도 웃어 넘겼을 거야. 연습생도 유명해지면 연예인들 못지않게 얼 굴 팔리거든. 거의 공공재 취급이야. 채린이도 얼평당한 게 한두 번 아니었어. 그런데 그 가면 늑대인가, 걔는 진짜 최소한의 상도덕도 없었어. 월말 평가 전날에 그런 걸 올 리다니. 연습생 얼평하는 유튜브 채널 진행자들 사이에도 암묵적인 룰이 있어. 월말 평가 전날은 건드리지 않기. 그 게 월말 평가에 영향을 주면, 그 연습생 팬들한테 게시판

테러당하거든. 가면 늑대는 초보 주제에 그런 룰 하나 조사할 마음이 없는 게으른 인간이었어.

다음 날 채린이를 만났는데 그 얼평 방송을 본 건지 영기운이 없었어. 연습할 때도 계속 실수해서 혼이 났지. 오후 5시쯤인가. 쉬는 시간에 채린이에게서 메시지가 왔어. 그런데 문구도 그렇고, 뜬금없이 첨부되어 있는 링크도 그렇고 꼭 스팸 메시지 같은 거야. '선택받은 사람만이 이 링크를 전송받습니다.'라니. 그래. I필터 앱 링크였어. 그때는 그게 뭔지 몰랐지. 채린이가 왜 이러나, 이게 진짜 채린이가 보낸 건가, 사람이 안 하던 짓을 하면 위험한 일을 벌이려는 신호라는데. 진짜 오만 가지 생각이 막 들더라. 그래서 채린이를 찾아 나섰어.

채린이는 옥상에 있었어. 채린이 사건 이후로는 아예 옥상으로 향하는 중문을 잠가 버렸지만, 그 전에는 실장님이 담배 피운다고 열어 놨거든. 채린이는 옥상 난간에 쪼그려 앉아서 휴대폰을 뚫어져라 바라보았어. 얼평 방송을 보는 거면 말려야지 싶어서 다가갔지.

너, 그거 알아? 누가 나를 욕하는 영상을 올리잖아. 그럼 그걸 안 봐야지, 그런 쓰레기 같은 영상 봐 봤자 내 손해지, 하고 마음을 먹어. 그런데 정신 차리면 나도 모르게 그 영상을 보고 있어. 보고, 보고, 또 봐서 무덤덤해질 때까지 보는 거야. 감정 아래가 새파랗게 멍들어 가는 걸 알면서도 멈출 수가 없어. 연습생들 대부분 그 시퍼런 멍, 가지고 있을걸. 아니다. 온 세상의 우리 또래 모두가 다 가지고 있을지도 모르겠다.

"채린아, 뭐 해? 이거 네가 보냈어?"

나는 채린이가 보낸 메시지를 핑계로 옆에 앉았어. 채린이는 영상을 보는 게 아니라 셀카를 찍고 있었지. 포즈나 표정 같은 건 신경도 안 쓰고 그냥 셔터 버튼을 막 누르고 있는 거야.

"잠깐만 기다려. 이제 47장이야. 앞으로 세 장만 더 찍으면 돼."

"세 장? 50장 채우게? 뭐 하러?"

채린이는 그제야 잠깐 버튼 누르는 걸 멈추고 내 쪽을 봤어.

"너, 링크 안 눌러 봤어?"

"이거 네가 보낸 거 맞아? 스팸인 줄 알았잖아."

"내가 보낸 건 아니야. 주변에 강력한 욕망을 가진 사람

들에게 자동으로 링크가 전송되는 것 같더라고. 유경이
너한테는 당연히 맨 먼저 가겠거니 했어."

"무슨 헛소리야. 이게 뭔데? 너, 괜찮아?"

채린이가 몸을 일으켜 세웠어. 춤을 추는 것처럼 빙그
르르 한 바퀴 돌고는 팔을 길게 뻗어서 한 장, 또 셀카를
찍었어. 그 모습이 왠지 즐거워 보여서 나도 일어섰어. 나
와 채린이는 좁은 옥상 위, 난간 옆에 나란히 서서 함께 춤
을 췄어. 턴을 하고, 또 턴을 했지. 채린이가 세 번째 턴을
끝내고 내게 어깨동무를 했어. 함께 셀카를 찍었지.

"마지막 한 장이네."

채린이는 그렇게 말하고 내 어깨에서 팔을 풀었어. 그
러더니 난간 위로 뛰어 올라갔지. 두 발을 간신히 딛고 서
기에도 좁은 그 위로 말이야.

"위험해. 내려와."

채린이는 내 말을 들은 척도 하지 않고 난간 위에 서서
셀카를 찍었어. 마지막 한 장, 하고 중얼거리면서. 나는 채
린이에게 내려오라고, 내 손을 잡고 내려오라고 손을 뻗
었지.

누군가 내 손을 꽉 잡았어. 채린이가 아닌 누군가. 정확

히는 채린이와 똑같은 얼굴을 한 사람이. 갑자기 나타난 그 사람은 내 손을 꽉 잡고는 웃었어. 미소를 지으며 잡았던 내 손을 던지듯이 놓고는, 몸을 돌려 난간 위에 선 채린이를 마주 보았어. 난 바보처럼 서 있었지. 그렇잖아. 땅에서 솟은 것도 아닌데 갑자기 어디선가 사람 하나가 내 눈앞에 나타나고, 그게 내 친구의 도플갱어라니. 꿈인가 싶었어.

정신을 바짝 차렸어야 했다고, 그날 이후로 몇 번이나 후회했는지 몰라. 그랬으면 뭔가 달라졌을까? 정말 순식간이었어. 채린이의 도플갱어가, 그 애가 채린이를 밀었어. 난간에 서 있던 채린이의 몸이 내 앞에서 쑥, 신기루처럼 사라졌지.

채린이가 떨어졌다.

이 사실이 현실이라는 게 돌연 머리를 쾅 때렸어. 무서웠어. 채린이의 도플갱어는 무엇인지, 이 상황은 무엇인지. 무작정 계단을 뛰어 내려왔어. 연습실은 이미 난리가 나 있더라고. 구급차 부르고, 경찰 부르고……. 몇몇 애들이 신고를 한 모양이야.

일주일 정도는 채린이의 소식을 알 수 없었어. 채린이

는 무사하다고, 연습생은 그만두기로 했다고 실장님이 알려 줬지. 믿을 수가 없었어. 그 건물, 6층짜리야. 6층짜리 건물 옥상에서 떨어졌어. 화단 같은 데에 떨어졌다고 해도 어떻게 멀쩡할 수가 있냐고. 내가 채린이를 잡았다면, 그 이상한 도플갱어를 막았다면, 하는 죄책감이 계속 들어서 잠도 못 잤어. 그래서였어. 대체 그 도플갱어는 뭐였는지, 채린이는 왜 셀카를 찍었던 건지, 뭐 하나라도 알아내려고 채린이가 보낸 링크를 클릭했지.

그리고 알게 된 거야. 그게 괴담 속 I필터라는 걸.

이용 약관에 적혀 있잖아. 50장을 찍으면 그때부터 I에게 소원이 대가로 지급된다고. 그 부분을 읽는데 채린이가 47장, 48장, 세면서 셀카를 찍던 모습이 마음에 걸렸어. 채린이가 I를 불러내려고 했던 거라면, I가 나타나 일을 벌일 걸 알면서도 난간에 섰던 거였다면. 그건…… 그건, 채린이가 죽기를 원했단 거잖아.

서연아, 웃긴 게 뭔지 알아? 그런 생각이 딱 들었을 때, 나 화가 났어. 무서운 것도 아니고, 당황스러운 것도 아니고, 화가 났어. 고작 그런 얼평 방송 때문에 죽고 싶었던 거냐고. 왜 나한테 힘들다는 말 한마디 안 하고 그런 선택을 한 거냐고. 너무 화가 나서 연락도 안 하고 다짜고짜 채린이 집에 찾아갔어. 그런데 막상 가서는 초인종도 못 누르고 멀찍이 떨어져서 문만 보고 있었어. 웃기지. 너무 한심해서 웃기지 않니?

채린이가 집 밖으로 나왔어. 진짜 멀쩡해 보여서 잠깐 안심했어. 그런데 나는 봤잖아. 채린이의 I를. 내 앞을 지나가는 채린이가 진짜 채린이인지, 아니면 I인지 알 수가 없는 거야. 그래서 무작정 뒤쫓아 갔어. 병원까지 쫓아갔지. 그리고…… 알지? 그 뒤는. 너도 봤잖아. 어떻게 생각해도 병원에 입원해 있는 쪽이 진짜 채린이잖아. 그런데 주변의 누구도 채린이가 병원에 입원해 있다는 사실을 몰라. 분명히 채린이는 자기 이름으로 그 병원에 있고, 걔네 부모님이 병원비를 내고 있는데도 말이야. 채린이의 부모님조차 한 번도 그 병원에 채린이를 보러 오지 않았어. 오직 채린이의 I만이 드나들 뿐이야.

확실해. I가 채린이의 자리를 빼앗고 있어. 어쩌면 채린이가 회복을 못 하고 있는 것도 그 때문이 아닐까.

나, 그때부터 I필터에 대한 온갖 소문을 다 모았어. 이용약관을 읽고 또 읽었어. 그러다가 서연이, 너에 대해서도 알게 된 거야. 하연 언니가 싱크홀에 빠질 뻔한 거 구했다는 기사도 봤어. 그런데 갑자기 싹 다 멈추더라. 하연 언니 사건도 엄청 큰 이슈였는데 모두 다 완전히 잊어버린 것처럼 언급도 안 되잖아. 채린이 때랑 비슷한 느낌이었어. 그러던 중에 네 친구들이 올린 사진을 보고 확신하게 된 거야. 네가 I를 만났다는 걸.

* * *

서연은 탁자 위에 놓인 컵을 집어 들었다. 컵은 이미 텅 비어 있었다. 유경의 이야기를 듣는 동안 계속 목이 탔다. 이대로 유경의 말을 끝까지 들으면 또다시 I를 마주칠 수도 있음을, 몸이 투명해지던 그날의 공포를 다시 겪을 수도 있음을 서연은 직감적으로 알았다.

'지금이야. 지금 이 자리에서 벗어나야 해. 안 그러면 휘말리게 될 거야.'

서연은 도망치고 싶었다. 그러나 채린이 마지막으로 보냈던 '나를 도와줘.'라는 메시지가 서연의 다리를 붙잡았다.

"난 채린이를 구하고 싶어. 도와줘, 서연아."

"어떻게 하면 되는데?"

서연은 또다시 후회하고 싶지 않았다.

"채린이의 자리를 빼앗으려고 하는 I가 너희 학교에 다니면서 채린이 행세를 하고 있잖아. 그 I가 채린이의 휴대폰을 가지고 있을 거야. 휴대폰에 있는 I필터 앱을 삭제하면 돼. 그럼 채린이는 자기 자리를 찾을 수 있어."

달그락. 유경의 컵 안에서 얼음이 녹아 미끄러졌다.

3

월요일 아침, 서연은 무거운 발걸음으로 학교로 향했다.

'어떻게 채린이의 휴대폰에서 앱을 삭제하지?'

도저히 방법이 떠오르지 않았다. 게다가 아직 풀리지 않은 한 가지 의문이 서연의 걸음을 더욱 무겁게 만들었다.

'채린이는…… 아니지. 채린이의 I는 왜 나를 도와줬던 걸까.'

서연은 미간을 찌푸린 채 교실 안으로 들어섰다. 서연의 친구들이 한곳에 모여 앉아 무언가를 보고 있었다. 서연은 가방을 내려놓고 친구들 틈에 끼어 앉았다. 잠시라도 채린에 대한 고민으로부터 벗어나고 싶었다.

"뭐 봐? 재미있는 거 있어?"

친구들이 보는 건 유튜브 동영상이었다. 화면 속에서 한 남자가 붉게 달아오른 얼굴로 떠들었다. 남자 옆에 놓인 늑대 가면. 그제야 서연은 남자가 누구인지 알았다. 가면 늑대. 채린의 얼평을 했던 유튜브 채널 진행자다.

진짜라니까. 다들 내 말 좀 믿으라고. 분명히 어제만 해도 이쪽 세계가 아닌 곳에 갇혀 있었다고! 여기서 나인 척한 건 가짜라고, 가짜! 내가 그놈이 한 방송을 보니 뭔 사과를 하고 난리를 쳤던데. 내가 뭘 잘못했다고 사과해? 나만 얼평 하나? 얼평 하는 게 사과할 일이면 얼평 방송 보는 사람들도 다 사과해야지. 어쨌든 그거 나 아니었다니까.

가면 늑대는 횡설수설 떠들다가 자기 분에 못 이긴 듯 쾅쾅 책상을 내리쳤다.

"애, 어제저녁부터 밤새 계속 같은 말 하고 있어."

"어그로도 참 다양하게 끈다. 사과 방송 한 것도 분명 쇼였다니까."

서연이 가면 늑대의 방송을 보는 것은 처음이었다. 이제까지 서연은 가면 늑대의 실제 얼굴이 몹시 흉악할 거라고 상상했다. 한 사람을 자살로 몰아넣고 사과도 하지 않은 사람은 보통의 사람과는 달라야만 할 것 같았다. 그러나 화면 속 남자는 서연 주변의 사람들과 별반 다를 것 없이 평범했다. 서연은 더 이상 화면을 보고 싶지 않았다. 친구들 틈에서 몸을 일으키는데, 휴대폰에서 흘러나오는 목소리가 서연을 멈춰 세웠다.

I필터, 그거 때문이라고. 그 속에 귀신 비스름한 게 산다니까. 진짜야. 자기 말로는 욕망이네 뭐네 하던데. 그냥 귀신이지, 뭐. 그 귀신이 내 행세를 했던 거라고. 귀신은 어디 있냐고? 내가 내 자리로 돌아왔으니, 그 귀신은 아마 죽었겠지. 귀신도 죽냐, 헛소리하지 마라……? 아니, 너희가 뭘 알아. 와, 답답하네. 왜 아무도 내 말을 안 믿는 건데!

서연은 화면 속 가면 늑대를 뚫어져라 봤다.

'I필터라고 했어. 분명히.'

그때, 가면 늑대의 등 뒤로 방문이 열리고 한 여자가 방으로 들어왔다. 화면에 잡힌 여자의 얼굴을 보고 서연은 잠시 숨을 멈췄다. 서연은 여자를 알았다. 어둑한 공터 한쪽에서 채린과 마주 보고 서 있던 여자. 채린을 밀치고 뛰어갔던 그 여자였다. 살인자라고 말하던 채린의 목소리가 서연의 귓가를 맴돌았다.

"누구지? 가면 늑대 엄만가?"

가면 늑대는 여자에게 짜증을 내며 나가라고 소리쳤다. 여자는 아랑곳하지 않고 가면 늑대 바로 뒤에 와 섰다. "나는 그 애가 보는 앞에서 앱을 삭제했어." "뭐? 엄마, 갑자기 무슨 말이야?" "그 애가 그러더라. 마음대로 하도록 놔두는 게 사랑은 아니라고." 여자는 컴퓨터 모니터를 향해 손을 뻗었다. "이제부턴 엄마와 이야기를 하자." 방송이 종료되었다.

"뭐야, 갑자기?"

"저 아줌마가 끈 거 아냐? 나라도 아들이 밤새워 저러고 있으면 방문 부수고라도 들어가서 혼쭐낼 것 같은데."

"가면 늑대, 쟤는 학생 아냐? 학교 안 가나?"

친구들이 떠드는 말은 서연에게 전혀 들리지 않았다.

'채린이의 말을 듣고 저 아줌마가 가면 늑대의 휴대폰에서 I필터를 지운 거라면? 그래서 가면 늑대가 돌아온 거라면……. 그럼 채린이는 가면 늑대를 도와준 거잖아. 채린이가 I라면, 사람을 도울 이유가 있나?'

아무리 고민해도 답을 찾을 수 없고 점점 머리만 아파 왔다. 수업이 시작된 후에는 정말로 심한 두통이 몰려왔다. 서연은 결국 책상에 엎드렸다.

"서연아, 점심 안 먹어? 양호실 갈래?"

"나, 점심 패스. 엎드려 있으면 괜찮아질 거야."

점심시간, 시끄럽던 교실 안이 금세 조용해졌다. 서연은 눈을 감았다. 설핏 잠이 들었다가 눈을 떴을 때에는 완벽한 정적이 교실을 에워싸고 있었다. 서연은 끙, 앓는 소리를 내며 고개를 들다가 흠칫 놀라 몸을 뒤로 뺐다. 끼익. 의자가 교실 바닥에 끌리는 소리가 정적을 깼다.

"서연아, 일어났어?"

채린이 앞자리에 앉아 서연을 보고 있었다. 상냥한 목소리와는 다르게 웃음기 없는 채린의 시선에, 서연의 몸이 긴장으로 뻣뻣하게 굳었다.

"서연아, 너 그날, 봤지?"

채린의 머리카락이 서연의 뺨을 간질였다. 서연은 그 감촉이 사라질 때까지 숨을 참았다. 코끝이 닿을 듯 가까이 다가왔던 채린의 얼굴이 멀어지고 나서야 서연은 긴 숨을 내뱉었다.

"그날이 뭔데? 무슨 날?"

서연은 무슨 말이든 해야만 했다. 그러지 않으면 채린의 서늘한 눈빛이, 교실을 에워싼 정적이 금방이라도 서연을 빨아들일 것만 같았다.

"공터에서. 어두웠지만 난 널 분명히 봤는데."

채린이 먼저 그날의 일을 꺼낼 줄은 몰랐다. 서연은 굳게 마음을 먹고 고개를 끄덕거렸다. 채린을 구하기 위해서는 눈앞에 있는 채린이 진짜 I라는 것을 확인해야만 했다.

"그래, 봤어. 채린아, 너 I필터에 대해 알고 있지? 공터에서 네가 만난 사람을 가면 늑대의 방송에서 봤어."

"맞아. 가면 늑대인지 뭔지, 그 남자애 엄마. I필터 앱을 삭제해야 가짜가 사라지고 아들이 돌아올 수 있다는 걸 알려 줬어. 그 아줌마, I가 아들의 자리를 빼앗은 걸 알고 있었어. 가짜 아들하고 사이좋게 쇼핑도 하고 행복했나 봐."

"채린이 넌 가면 늑대 싫어할 줄 알았는데."

"당연히 싫지. 그래도 가짜가 진짜의 자리를 차지하게 둘 수는 없잖아."

"싫은데 왜 도와준 건데? 가면 늑대가 I필터를 사용했다는 건 어떻게 안 거고?"

"서연이 너, 유경이 만났지?"

말허리를 자르고 들어온 채린의 질문에, 서연은 입을 벌린 채 아무 말도 하지 못했다. 금방이라도 채린의 등 뒤에서 투명한 무언가가 솟구쳐 올라와 자신을 어디론가 끌고 들어갈 것만 같았다. 거울 귀신처럼. 자신과 똑같이 생긴 I와 마주 보고 섰던 그날의 공포가 교실 안 정적과 뒤섞여 스멀스멀 서연의 몸에 감겼다. 서연은 채린이 주머니에서 휴대폰을 꺼내는 것을 홀린 듯 바라보았다.

'채린이의 폰에 I필터가 설치되어 있다면, 그걸로 나를 찍으면 어떻게 되는 거지?'

다시 I가 나타나는 것은 아닐까. 의자가 또다시 교실 바닥을 긁었다. 서연은 발끝으로 의자를 밀며 등을 최대한 의자 등받이에 대고 앉아, 채린과의 거리를 벌렸다. 채린이 버튼을 누르면 당장이라도 교실을 뛰쳐나갈 수 있도록.

"자, 봐."

채린이 휴대폰을 서연에게 내밀었다. 서연은 움찔, 의자에서 일어나려다가 엉거주춤 선 채 휴대폰을 받아 들었다.

"네 눈으로 직접 확인해. 거기에 I필터 앱이 있는지."

서연은 채린의 휴대폰을 살펴보았다. 어디에도 I필터는 없었다. 휴대폰 설정까지 들어가 샅샅이 뒤졌지만 흔적조차 찾을 수 없었다.

"다 거짓말이야."

채린이 자리에서 일어나 서연의 의자 앞에 섰다. 서연의 머리 뒤로 옅은 그늘이 생겨났다.

"뭐가?"

"유경이가 한 말."

너에게만 진실을 알려 줄게.

이것은 사로잡힐 수밖에 없는 마법의 문장이었다.

"유경이가 I야."

채린의 목소리는 너무나도 덤덤했다. "수학 선생님, 탈모라 가발 쓴 거래." 따위의 말을 할 때보다도 감정이 섞여 있지 않았다. 그것이 서연은 불편했다. 만화 카페 방은 벽을 기대고 마주 앉은 서로의 무릎이 닿을 정도로 좁았다. 단둘이 이야기할 만한 곳을 찾다가 들어온 곳이었다. 하지만 문을 가린 커튼은 얇았고, 벽 너머로는 책장 넘기는 소리와 말소리, 오락기 두드리는 소리가 끊임없이 새어 들어왔다. 비밀을 털어놓기엔 어울리지 않는 장소다. 서연은 옆에 놓인 쿠션을 껴안았다. 그래도 불편함은 가시지 않았다.

"유경이는 채린이 네가 I라고 했어."

"그랬겠지. 그래야 자기가 의심받지 않을 테니까. 유경이의 I는 내가 자기를 없앨까 봐 무서워 해. I가 유경이의 자리를 빼앗은 그때부터 내가 계속 진짜 유경이를 돌아오게 하려고 하고 있으니까."

이 불편함은 어디에서 오는 걸까. 서연은 채린이 잠시 말을 멈추고 아이스티 마시는 모습을 바라봤다. 채린이 전에도 아이스티를 마셨던가. 확실하지 않다. 눈앞의 채린은 진짜 채린일까. 확실하지 않다. 모든 것이 확실하지 않았다.

"유경이가 뭐라고 이야기했을지 알아. 내가 Ĺ고, 진짜 채린이를 밀어서 옥상 아래로 떨어뜨렸다고 했지? 거짓말이야. 그때 나를 밀어서 떨어뜨리려고 한 사람이 있긴 했지만."

"누구?"

"유경이."

서연은 더욱 세게 쿠션을 끌어안았다.

"월말 평가를 앞둔 때였어. 평소에 유경이는 좋은 친구였지만 평가 날이 다가오면 무척 예민해졌어. 서연이 너도 알지. 우리 부모님, 특히 엄마가 엄청 극성인 거. 뭐든 내가 1등을 해야 만족하잖아. 그 대신에 지원은 아낌없이 해 주시지. 유경이네 집은 반대야. 유경이가 뭘 하든 참견도 안 하고, 지원도 거의 안 해 준다더라. 엄마가 나를 데리러 오는 게 싫다, 키 크는 주사 맞으라고 하는 게 싫다, 그렇게 유경이에게 종종 하소연을 했거든. 그걸 유경이는, 내가 자랑한다고 오해했던 것 같아. 그런 오해가 쌓이고 쌓였던 거겠지. 거기에 월말 평가라는 등수 매기기 경쟁이 더해 졌고."

채린의 딱딱한 목소리가 바깥의 소음을 잡아먹으며 작은 방 안을 채워 나갔다.

"가면 늑대가 내 얼평을 했던 날 말이야. 내가 그걸 어떻게 보게 된 줄 알아? 유경이가 링크를 보내 줬어. 아무 설명도 없이, 그냥 링크만. 평소에도 안무 동영상 같은 걸 주고받곤 했거든. 그래서 별 의심 없이 눌렀어. 그랬더니 내얼평 영상이었던 거지. 화가 났어. 얼평 영상에도 화가 났지만, 그걸 내게 알려 준 유경이의 의도가 의심스러웠어. 연습실에 가자마자 유경이를 찾아다녔는데 안 보이는 거야. 꼭 날 피해 다니는 것처럼. 연습에도 집중을 못 했지. 혹시 유경이가 날 싫어하는 건 아닐까, 하는 생각을 그제 야 했다니까."

나도 참 둔하지, 하고 말하며 채린은 자조적으로 웃었다.

"쉬는 시간에 유경이가 옆 동에 있다는 소리를 들었어.

원래는 나와 같은 A동 연습실에서 연습을 했거든. 곧바로 옆 동으로 넘어갔지. 거기서 유경이가 애들하고 말하는 걸 들었어. 내가 싫다고. 죽여 버리고 싶을 정도로 싫다고. 나를 사라지게 하려고 귀신에게 소원도 빌었다고. 그 말을 들으니까 숨이 턱 막혔어. 유경이를 마주할 자신이 없어서 옥상으로 올라갔지. 찬 바람을 쐬며 좀 진정해 보려고. 그때야. 서연이 너한테 메시지 보낸 거."

서연은 채린의 양쪽 뺨에 보조개가 살짝 팬 것을 보았다. 억지로 웃을 때면 나타나는 채린의 버릇이다. 서연도 알고 있는, 익숙한 채린의 버릇. 쿠션을 끌어안은 서연의 손힘이 느슨해졌다.

"옥상에 앉아 있는데 유경이가 또 메시지를 보냈어. 이번에도 링크만 달랑. 또 뭘 보낸 거냐고, 내가 그렇게 싫으냐고 오기가 나서 눌렀어. 앱 설치 문구가 뜨더라. 그래. I필터 앱이었어. 이용 약관을 대충 읽는데 이게 뭔가 싶더라. 멀쩡했을 때면 당장 삭제했을 거야. 근데 그때 내 상태가 좀 그랬잖아. 서연이 너한테서 답장이 안 오는 것만으로, 서연이 역시 나를 싫어했던 건 아닐까, 그런 망상이 떠오르는 상태였단 말이야."

나 좀 도와줘. 그 짧은 메시지가 머릿속에 떠올랐다. 순간 서연은 깨달았다. 눈앞에 있는 채린이 진짜라면, 그때 메시지를 받고 바로 답장하지 않은 것에 더 이상 죄책감을 가지지 않아도 된다는 것을. 서연은 채린의 목소리로 가득한 방 안이 더 이상 불편하지 않았다. 바깥의 소음은 진즉에 들리지 않게 된 터였다.

"거기 적혀 있잖아. 50장을 넘기면 I가 나타나서 소원을 이루어 준다고. I가 뭔지 몰라도, 뭐든 좋으니 나타나서 내 소원을 이루어 달라고 빌었어."

"무슨 소원을 빌었는데?"

"누구든 좋으니까 나 좀 죽여 달라고."

서연은 더 이상 무엇도 물을 수 없었다.

"마구 찍었지. 몇 장을 찍었는지도 모르게, 정신없이 찍었어. 갑자기 내 앞에 그게 나타났어. 나와 똑같은 얼굴의 그거, I가. 정말 놀랐어. 왜 그런 말 있잖아? 도플갱어를 세 번 만나면 죽는다고. 웃기지. 그런 소원을 빌어 놓고는 정작 도플갱어 같은 게 나타나니까 진짜 죽는 거 아닌가 싶어 겁이 나는 거야. 일어나서 옥상 문 쪽으로 갔지. 내 I는 꼼짝도 안 하고 서서 나를 보더니 갑자기 옥상 난간으로 올라갔어. 누군가 옥상 문을 열고 들어왔지. 나는 옥상 문 뒤쪽에 숨듯이 가려졌고."

유경의 이야기와는 모든 것이 달랐다. 서연은 선택해야 했다. 어느 쪽을 믿을 것인지. 저울의 추는 이미 기울어져 있었다.

"유경이였어. 두 명의 서유경. 먼저 들어온 유경이가 난간에 선 내 I를 밀려고 했어. 뒤따라 들어온 또 다른 유경이가 먼저 들어온 유경이의 팔을 붙잡았지. 두 명의 유경이가 몸싸움을 벌이는 동안 나는 문 뒤에 숨어서 입을 틀어막고, 숨죽여 앉아 있었어. 다리에 힘이 풀려서 도저히 움직일 수가 없었어. 유경이의 몸에서 떨어진 휴대폰이 내 앞으로 굴러왔어. 나는 그걸 집어 들었지. 그리고 찍었어."

"뭘?"

"유경이가, 난간에 선 내 I를 밀어 떨어뜨리는 장면을."

서연은 마른침을 삼켰다. 목이 말랐다. 바로 옆에 콜라가 가득한 컵이 놓여 있었지만 쿠션을 놓을 수가 없었다.

"뭔가 증거를 남겨야 할 것 같아서 찍긴 했는데, 너무 무서운 거야. 뒤따라온 유경이가 갑자기 연기처럼 사라졌거든. 내 I를 민 유경이가 나를 보고 웃었어. 나도 살해당

할 것만 같아서 유경이의 휴대폰도 내던지고 허둥지둥 도망쳤어. 나중에야 정리가 되었지. 내 I를 민 유경이는 분명 유경이의 I야. 사라진 게 진짜 유경이고. 유경이는 아마 내가 없어졌으면 좋겠다, 뭐 이런 욕망을 가지고 있었겠지. 그래서 유경이의 I가 내 I를 밀어 떨어뜨린 거야. 내 I가 진짜 나인 줄 알고."

서연은 채린이 마시고 남긴 아이스티 잔을 봤다. 채린과 함께 카페에 갔을 때 채린이 늘 아이스티를 시켰던 것도 같다.

"집에 오자마자 I필터를 삭제하려고 했는데, 앱 이모티콘을 꾹 누르니 갑자기 내 머릿속에서 I가 말을 걸기 시작했어."

아니다. 그랬어야만 한다. 확실하게 그랬다고, 서연은 자신의 기억을 만들어 냈다. 서연은 죄책감에서, 선택의 어려움에서 벗어나고 싶었다.

"옥상에서 떨어진 내 I는 병원에 실려 갔을 뿐 죽지 않았어. 하지만 힘을 잃었지. I필터 앱은 말이야, 앱과 I의 계약으로 작동하는 거래. I가 욕망을 앱의 연료로 제공하고, 앱은 자리를 빼앗을 타깃을 I에게 찾아 주는 거지. 앱을 통해 I가 되어야만, 욕망 덩어리가 타깃과 똑같은 모습으로 변할 수 있어. 사람인 척할 수 있는 거야. I가 타깃의 자리를 빼앗는 데 실패하면 계약이 종료되어서 I는 더 이상 I가 아니게 돼. 다시 세상을 떠도는 욕망 덩어리가 되는 거지. 그러니까 내 I도, 원래대로라면 계약이 종료되었어야 해. 그런데 어딘가 오류가 생긴 거야. 내 모습으로 변신한 채 힘이 돌아오지 않게 된 거지."

채린의 I는 계약을 종료할 수 있게 I필터 앱을 삭제해 달라고 부탁했지만, 채린의 휴대폰에서 I필터는 이미 사라진 뒤였다. 일종의 바이러스에 감염된 상태라는 것을, 채린의 I는 그제야 깨달았다.

"그러자 I는 내게 I필터 링크를 전송받은 사람들을 찾아 앱을 삭제해 달라고 부탁하더라. 타깃의 자리를 빼앗은 I의 앱이 삭제되면 I필터의 힘이 약해져서 작동이 멈추게 되고, 그럼 앱과 I의 계약도 모두 사라지게 된다고. 나를 타깃으로 삼은 I는 힘이 없는 상태를 견딜 수 없어 했어. 다시 떠도는 욕망 덩어리가 된대도, 힘이 있는 쪽이 좋다고 난리를 치더라. 처음엔 못 들은 척했어. 내가 왜 내 자리를 빼앗으려고 한 정체 모를 존재의 부탁을 들어줘야 하냐고. 그런데 생각해 보니까…….”

채린은 아이스티 잔을 집어 들고 남은 음료를 단번에 마셨다.

“I필터 앱을 삭제 안 하면, 유경이가 못 돌아오잖아. 게다가 생각할수록 무섭더라. I필터 같은 게 계속해서 누군가에게 전송된다는 게. 어쩌면 나도 다시 링크를 받을 수도 있겠지. 욕망이 강한 사람에게 무작위로 전송된다고 하니까. 그래서 하기로 한 거야. 링크를 전송받은 사람이 누구인지는 내 I가 알려 줬고. 이젠 딱 한 명, 유경이만 남았어.”

서연은 쿠션을 품에서 놓았다. 채린의 말은 잘 다듬어진 퍼즐 조각처럼 딱딱 맞아떨어졌다. 채린이 가면 늑대를 도와준 것도, 그런 이유라면 이해가 되었다. 그에 비해 유경의 이야기는 구멍투성이인 듯 여겨졌다.

“채린아, 나 너 믿고 싶어.”

“믿어. 유경이가 I라는 증거를 보여 줄게.”

채린이 서연의 손을 살며시 잡았다.

“증거?”

“유경이 휴대폰. I필터가 깔려 있을 거야. 바이러스에 감염된 게 아닌 이상 그걸 삭제하면 I도 사라지니까. 그리고 어쩌면, 유경이의 I가 내 I를 떠미는 사진도 어딘가에 남아 있을지 몰라. 휴대폰에서는 삭제했어도, 클라우드나 그런 곳에."

"내가 유경이 휴대폰을 어떻게 확인해? 정말로 I필터 앱이 깔려 있으면, 절대 나에게 보여 주려고 하지 않을 거야."

"나한테 생각이 있어. 우리, 같이 유경이 자리 찾아 주자. 나 좀 도와줘."

서연은 채린의 손을 마주 잡았다. 나 좀 도와줘. 이번에는 절대 채린이 내민 손을 뿌리치지 않을 것이다.

5

긴장했다. 그것도 무척. 하지만 긴장했다는 것을 들키면 안 된다. 서연은 테이블에 올려 둔 휴대폰을 만지작거리며 앞에 앉은 유경을 마주 보았다.

"어떻게 됐어?"

서연은 유경이 한쪽 다리를 덜덜 떠는 것을 봤다. 유경의 표정과 말, 모든 것이 거짓되게 느껴졌다.

"채린이 휴대폰을 직접 보지는 못했어. 나도 채린이랑 서먹서먹한 상태거든."

"뭐야. 그럼 왜 만나자고 한 건데."

유경의 다리 떨림이 멈췄다. 그때까지 등을 바짝 곧추세우고 앉아 있던 유경은 미끄러지듯이 길게 소파에 몸을 파묻었다.

"끝까지 들어 봐. 지금부터 채린이한테 가짜 링크를 보낼 거야. I필터 설치 링크하고 똑같은 거. 내 친구 중에 프로그램 엄청 잘 짜는 애가 있거든. 걔한테 부탁해서 만든 거야. 그 링크를 클릭하면 1분 정도 상대방의 휴대폰 화면을 볼 수 있어. 일종의 해킹이지. 채린이는 I필터에 대해 아니까, 틀림없이 링크를 눌러 볼 거야."

유경의 몸이 다시 테이블에 가까워졌다.

"정말 그런 게 가능해?"

걸렸다. 서연은 재빨리 휴대폰을 집어 들었다.

"내 폰에서는 되는 거 확인했어. 유경이 너한테 링크 보낼 테니까 한번 테스트해 볼래?"

"됐어. 그거 클릭하면 내 폰 화면을 네 멋대로 볼 수 있
단 이야기잖아."

유경은 손을 내저었다. 하지만 서연은 물러서지 않
았다.

"왜? 고작 휴대폰 화면이잖아. 네가 채린이도 아니고 나
한테 못 보여 줄 이유라도 있어?"

두 사람은 눈싸움이라도 하듯 서로를 봤다. 먼저 시선
을 아래로 떨어뜨린 건 유경이었다. 유경은 자신의 휴대
폰을 보란 듯이 꺼냈다.

"그런 거 없어. 보내, 링크."

"응. 지금 보냈어."

서연은 휴대폰을 만지는 척하며 답했다.

'긴장되겠지. I필터가 설치되어 있는 걸 내가 보면 자기
를 의심할 거라고 여길 테니까.'

모든 것이 채린이 말한 대로였다. 서연은 마음 한구석
에 남아 있던 채린을 향한 의심을 지웠다. 지금부터가 중
요하다. 서연은 힐끔, 유경의 반응을 살폈다. 유경은 휴대
폰 화면을 몇 번 더 꾹꾹 누르다가 고개를 들었다.

"이거 링크 눌렀는데 아무것도 안 떠."

"뭐? 그럴 리가 없는데. 잠깐 좀 봐."

서연이 짐짓 당황한 표정을 꾸며 내며 유경이 앉은 자리를 향해 몸을 내밀었을 때였다. 카페 점원이 서연과 유경이 앉은 테이블로 다가왔다.

"학생이 서유경?"

점원은 유경의 자리 앞을 막듯이 서서 물었다.

"그런데요. 왜요?"

"잠깐 카운터로 같이 가 줘야겠어요."

"왜요?"

"자꾸 모른 척하지 말고."

점원이 유경의 팔을 붙잡았다. 유경은 당황한 듯 점원의 팔을 뿌리쳤다.

"뭐예요, 대체?"

"학생, 자꾸 이러면 경찰 부를 거예요."

점원이 언성을 높였다. 뭐야, 뭐. 쟤가 뭐 훔친 거 아냐? 주변의 수군거림과 함께 분위기가 순식간에 삭막해졌다. 결국 유경은 주춤주춤 자리에서 일어나 점원과 함께 카운터 쪽으로 갔다.

이때다. 서연은 테이블 한가운데 덩그러니 남겨진 유경

의 휴대폰을 집어 들었다. 아직 잠기지 않은 휴대폰 화면을 살펴보던 서연의 미간에 주름이 잡혔다.

있었다, I필터 앱이.

카페 카운터 쪽에서 웅성거림이 커졌다. 서연은 숨을 크게 들이마시곤 유경의 휴대폰 앱 아이콘들을 살폈다. 클라우드 앱 아이콘이 보였다. 아이콘을 클릭하는 서연의 손가락 끝이 땀으로 미끄러졌다.

'정말로 그런 사진이 저장되었다면⋯⋯. 1년 전이야. 채린이의 자살 소동이 있었던 날.'

결코 잊을 수 없는 날이다. 서연은 '사진 찾기' 칸에 날짜를 입력하고 검색을 눌렀다. 클라우드에 가득했던 몇천 장의 사진이 단숨에 몇십 장으로 줄어들었다. 그 사진들 중 가장 위쪽에 채린이 말한 그 사진이 있었다. 채린과 유경. 두 사람이 찍힌 그 사진이. 휴대폰을 든 서연의 손이 덜덜 떨렸다.

"진짜 어이없어. 누가 내 이름을 대고 10만 원 넘게 배달을 시켰대. 아무도 안 사는 집으로. 그 집 현관에 '카페에 있는 서유경.'이라고 적힌 쪽지만 있었다는 거야. 내 사진하고 같이. 누가 그런 짓을 했지?"

유경이 새빨개진 얼굴로 자리로 돌아왔다. 흥분해서 마구 말을 쏟아 내던 유경은, 서연이 자신의 휴대폰을 들고 있는 것을 보고는 테이블 앞에 멈춰 섰다. 빨갛게 달아올랐던 유경의 얼굴이 급격히 서늘하게 가라앉았다.

"내놔, 내 휴대폰."

"누가 그런 장난을 친 건지, 진짜 모르겠니?"

서연은 유경의 말을 무시하며 I필터 앱의 아이콘을 길게 눌렀다. '삭제' 버튼이 나타났다.

"내놓으라고!"

유경이 고함을 지르며 서연에게 달려들었다. 유경의 손이 테이블 위의 컵을 바닥으로 쳐 떨어뜨렸고, 컵은 요란한 소리를 내며 깨졌다. 유리의 파열음이 카페 안에 울려 퍼짐과 동시에 서연은 삭제 버튼을 눌렀다.

유경은 사라졌다.

누군가 유경을 지우개로 지운 듯했다. 눈 깜짝할 사이에 아주 깨끗하게. 카페 안에 있던 사람들 중 누구도 유경이 사라진 것에 놀라지 않았다. 흡사 유경이 원래 그곳에 없었다는 듯이 행동했다. 유경이 그곳에 있었다는 것을 알려 주는 것은 흥건하게 엎질러진 음료수와 카페 바닥에 흩어진 유리 파편, 그리고 서연이 덜덜 떨리는 손에 쥔 휴대폰뿐이었다.

'왜 아무도 이상하게 여기지 않는 거지?'

서연은 얇지만 단단한, 보이지 않는 막 속에 갇힌 것만 같았다. 막 너머의 세계는 더없이 행복한데, 자신만이 유경이 사라진 곳을 보며 떨고 있다. 이대로 영영, 이 막 밖으로 나가지 못하는 건 아닐까. 서연은 겁이 났다.

"서연아."

그 막을 깬 것은 채린의 목소리였다. 어느새 서연 앞에 나타난 채린이 서연을 끌어안았다.

"잘했어. 우리 계획대로 됐어."

어설프지만, 그 이상은 없을 계획이었다. 서연이 유경을 불러내고, 채린은 유경이 자리를 비우도록 주의를 끈다. 그사이에 유경의 휴대폰을 손에 넣은 서연이 I필터 앱을 삭제한다. 서연은 성공할 리 없다고 여겼지만, 채린은 성공을 확신했다. "원래 비밀이 있는 존재는, 그 비밀을 지키려다가 약점을 만드는 법이거든."이라는 채린의 말에, 서연은 고개를 끄덕였다. 어차피 채린의 계획 말고는 다른 방법이 없었다. 사실 채린의 말대로 이렇게 잘될 줄은 몰랐다.

"고마워, 서연아. 나를 도와줘서."

서연은 채린을 마주 끌어안았다.

'이걸로 끝이야. 이상한 앱도, 이상한 소동도.'

유경의 I는 사라졌다. I필터로 돌아갔다. I필터는 힘을 잃고 이 세계에서 사라질 것이다. 병원에 있는 채린의 I도 사라진다. 유경도 돌아올 것이다. 모든 것이 제자리를 찾는다. 더 이상 자신과 똑같은 얼굴의 누군가가 나타날까 봐 무서워하지 않아도 된다.

'무엇보다 나는, 이번에는 채린이를 도왔어.'

서연은 두 눈을 감으며 미소 지었다. 카페 점원이 자리로 다가왔다. 테이블 위 엎질러진 음료와, 바닥에 떨어진 유리 조각이 걸레질 몇 번에 사라졌다.

"나, 컵 깬 거 변상하고 올게."

채린이 서연의 어깨에서 손을 풀었을 때, 채린의 주머니 안에서 휴대폰이 울렸다.

"아빠네. 나 어디 있냐고 난리 났다. 바로 답장 보내야겠다."

채린은 제자리에 서 메시지를 입력했다.

"너희 부모님은 여전하시구나."

"그래도 연습생 그만둔 뒤로는 그렇게까지 빡빡하진 않아."

서연은 가방을 집어 들다가 움직임을 멈췄다.

'설마 저거, I필터 아이콘……?'

채린의 어깨 너머로 얼핏 보인 휴대폰 화면에 눈에 익은 아이콘이 보였다.

"채린아, 너 휴대폰에……."

"내 휴대폰? 왜?"

서연은 이를 악물었다. 잘못 본 거겠지. 잘못 본 것이어야만 했다.

"휴대폰 좀 빌려줘. 내 건 배터리가 다 되어서."

"그래. 여기."

채린은 망설임 없이 서연에게 폰을 건넸다. 서연은 폰을 받자마자 화면을 살폈다.

'뭐야. 없잖아. 역시 잘못 봤네.'

서연은 안도의 한숨을 내쉬었다. 채린은 웃었다. 카페 유리 벽에는 채린의 모습이 비치지 않았지만 아무도 그것을 몰랐다. ♡

다시 **채린**의 이야기

누구든 나 좀 도와줘.

사랑받고 싶어.

완벽하지 않은 나라도, 사랑해 줬으면 좋겠어.

1

채린은 오늘도 일어나자마자 거울 앞에 섰다. 여전히 거울 안에는 무엇도 비치지 않았다. 비치지 않는 거울을 보며 머리를 정리하는 채린의 손이 일순간 투명해졌다. 채린은 자신의 손을 앞뒤로 살피며 쯧, 짧게 혀를 찼다.

"이 몸으로 지낸 지 1년이 넘었는데도."

여전히 이 자리는 내 것이 아니다. 채린은 뒷말을 삼키곤 방 밖으로 나갔다. 식탁에는 이미 아침 식사가 차려져 있었다. 현미밥과 계란찜. 된장국과 샐러드. 한 끼의 영양분과 열량을 정확히 계산한 식사다. "우리 딸, 잘 잤니?" 인사를 하며 식탁에 앉는 아빠. 반찬을 집어 숟가락 위에 올려놔 주는 엄마. 채린은 자신이 앉은 맞은편, 아빠의 등 너머를 바라보았다. 부엌과 거실을 구분하는 유리 벽이 반들반들 빛나며 식탁의 풍경을 비추었다. 드라마에 나올 듯한 화목한 가족의 아침 식사. 그것은 채린이, 채린을 선택한 이유였다.

'몰랐지. 보이는 게 전부가 아니라는 걸.'

시선이 느껴졌다. 채린은 곁눈질로 아빠 옆에 앉은 엄마를 봤다. 엄마는 손에 숟가락을 든 채 눈을 부릅뜨고 채린을 보았다. 채린은 살짝 엉덩이를 뒤로 빼 앉았다. 앞으로 일어날 일은 이미 알고 있다.

"너는 내 딸이 아니야."

엄마의 입에서 느리고도 분명한 중얼거림이 흘러나왔다. 곧이어 숟가락이 채린을 향해 날아왔다. 채린은 피했다. 처음에 엄마가 던진 밥그릇에 이마를 맞았던 것도, 피할 수 없어서는 아니었다. 놀라움과 약간의 미안함 때문에 맞아 준 것뿐이었다.

"이 사람이 또. 채린아, 괜찮니?"

채린은 고개를 끄덕였다. 아빠는 엄마를 붙잡아 일으켜 방 쪽으로 데리고 갔다.

"놔! 이거 놓으라고! 너, 내 딸 어떻게 했어! 우리 채린이 어디 갔어!"

엄마는 아빠의 품 안에서 버둥거리며 소리를 질렀다. 쾅. 방문 닫히는 소리가 크게 울리고 몇 분 뒤 아빠가 식탁으로 돌아왔다.

"엄마가 아직 좀 아파서 그런 거니 이해하렴. 약 먹었으니 괜찮아질 거야."

엄마가 채린을 향해 밥그릇을 던진 날, 아빠는 엄마를 데리고 병원에 갔다. 의사는 채린이 옥상에서 떨어진 일로 엄마가 큰 충격을 받았고, 그것이 뒤늦게 히스테리로 발현되었을 가능성이 있다고 말했다. "엄마가 원래 예민하잖아. 엄마가 안정을 찾을 때까지 우리 둘이 많이 도와주자." 아빠는 채린의 등을 토닥거리며 그렇게 말했다. 채린은 그럼요, 하며 속으로 쾌재를 불렀다. 엉터리 의사가 헛소리를 해 준 덕분에 앞으로는 엄마가 무슨 말을 해도 의심받지 않겠구나 싶었다.

"우리 딸, 오늘은 어디 가니? 토요일인데."

"병원에 봉사 활동 가려고요."

"그래. 착하기도 하지. 아빠가 후원 한 명 더 할까? 우리 딸 살려 준 병원이잖아. 몇 명 후원해도 돈 안 아깝지."

"아빠도 참. 나 그렇게 많이 다쳤던 것도 아닌데요, 뭐."

그래. 그랬지. 그건 가벼운 사고였으니까. 아빠는 웃었다. 채린이 병원이란 말을 꺼내면 아빠는 무조건 웃었다. 그것은 웃어넘길 정도의 '사고'였다는 듯이. 그러나 그도 안다. 그것이 '사고'가 아니었다는 것을. 그렇기에 하루에도 몇 번씩 메시지를 보내 채린이 어디 있는지를 확인하는 것이다.

'저 사람도 참 바보라니까.'

채린은 허리를 굽혀 바닥에 떨어진 숟가락을 집어 들었다.

'엄마만 제정신인 건데. 그것도 모르고.'

밥그릇을 맞은 그날, 채린은 놀랐다. 채린이 채린이 아니라는 것을 설마 엄마가 알아차릴 줄은 몰랐다. 대부분의 부모들이 그랬다. 그들은 자신의 딸과 아들이 갑자기 달라져도 그 변화를 눈치채지 못했다. 혹은 눈치를 채도 모른 척했다. 자리를 차지한 I는 자리의 원래 주인보다 착하고 성실히 생활하는 게 보통이다. 그래야 주변에서 인정받으니까. 갑자기 일탈 행동을 일삼으면 문제지만, 착해진 것을 싫어할 부모는 없다. '내 자식은 본능적으로 알아본다'는 부모의 촉이란, 아이가 아닌 부모가 위기를 느낄 때에야 작동하는 법이다. 그렇기에 채린도 착한 아이가 되었다. 그건 매우 쉬운 일이었다. 채린의 '사고'가 그일을 더욱 쉽게 만들어 주었다. 부모도 주변 사람들도, 채린을 깨지기 쉬운 도자기처럼 대했다. 채린이 갑자기 연습생을 그만두겠다고 했을 때에도, 학교에서 친구들을 피해 다니며 연락을 끊어도, 이전과 다르게 집에서 잘 웃고 떠드는 딸 캐릭터를 연기해도 누구도 왜 그러냐고 캐묻지 않았다. 엄마를 제외한 누구도 눈치채지 못했다.

채린이 채린이 아닌 I라는 것을.

* * *

채린. 정확히는 채린의 자리를 빼앗은 I. 아이는 버스 정류장에 섰다. 주말이면 언제나 병원에 간다. 해야만 하는 일이고, 필요한 일이다. 학교나 다른 곳을 갈 때면 어떻게든 차로 데려다주겠다고 고집을 부리는 아빠가, 병원에 간다고 집을 나설 때만은 고집을 꺾는다. 아이는 한적한 버스 정류장에 혼자 서 있는 그 시간이 좋았다.

'안에서 볼 때는 채린이 혼자 있고 싶어 하는 걸 이해하지 못했는데.'

아이는 정류장에 서서 손을 위로 쭉 뻗었다. 한여름의 햇살 아래에서 신기루처럼 흐려졌다가 다시 선명하게 나타나는 손. 이제는 채린의 심정을 이해하는데도, 여전히 채린의 자리는 완전히 아이의 것이 아니다.

채린. 완벽하게 행복해 보였던 소녀.

아이는 끝이 없는 네트워크 세계를 굴러다니던 욕망이었다. 사람들이 내뿜는 욕망은 매일같이 흘러 들어왔고, 크고 작은 수많은 욕망들은 서로를 잡아먹으며 몸집을 불렸다.

어느 날이었다. 갑자기 씽크홀이 생겨난 것처럼, 떠돌던 욕망들 중 일부가 어떠한 공간으로 빨려 들어갔다. 저 주에 가까운 욕망을 가진 누군가가 만들어 낸 공간. 숫자와 코드 사이사이에 악의와 집념을 박아 넣어 만든 공식

밖의 존재. 이 세상의 법칙이 아닌 독자적인 법칙으로 움직이는 앱. 그것이 I필터였다. 지금은 아이가 된 욕망. 그가 그 공간에 도착했을 때, I필터는 작동을 멈춘 상태였다. 아이는 I필터 앱의 원동력이 자신과 매우 닮은 파동을 가졌음을 느꼈다. 아이의 등장으로 앱은 새로운 원동력을 얻었다. 잔재만이 남은, 사랑받기를 원했던 소녀의 혼의 소리가 아이에게 와닿았다.

나와 같은 외로운 것이 왔구나. 여기는 나의 집이야.

소녀의 목소리는 금세 사라지고, 남자의 목소리가 울려 퍼졌다. 그 목소리에는 이곳을, 내 딸의 집을 지키기 위한 힘을 끌어모을 것이라는 집념이 가득 차 있었다.

I필터를 가동하시겠습니까?

흩어져 있던 코드가 빠르게 조합되어 허공에 떠올랐다. 마다할 이유가 없었다. 자리를 빼앗을 수 있다니. 드디어 사람이 될 수 있다니. 처음 온 곳이었지만 알 수 있었다. 이 공간이라면, 절대 이루어질 수 없을 것 같던 그 소원을 현실로 이루어 줄 수 있다는 것을 말이다.

I필터 앱을 재가동하게 만든 최초의 욕망.

욕망은 그때부터 스스로를 '아이'라 칭했다. 욕망은 늘 이름을 가지고 싶었다. 사람은 누구나 이름을 가지고 있으니까. 이름을 가지는 것만으로 한발 더 사람에 가까워지는 것만 같았다.

왜일까. 왜 이렇게까지 사람이 되고 싶은 걸까.

이유는 알 수 없으나 욕망은 욕망 그 자체였기에, 원하는 것을 손에 넣어야만 했다. I필터가 가동되고, 다른 욕망들도 속속들이 공간에 도착했다. 그들도 스스로를 I라 칭했지만, 아이는 오직 자신만이 진짜 아이라고 여겼다. 그이름을 이름으로 삼은 것은 자신이 처음이었으니까. I필터는 링크의 시작점을 선정할 권리를 아이에게 주었다. 아이는 그것이, I필터가 자신을 유일한 아이로 인정한다는 뜻으로 받아들였다.

링크의 시작점. 아이가 타깃으로 정한 상대가 채린이었다.

채린은 아이가 가장 많이 흡수한 욕망의 주인이었다. 하루에도 채린을 향한 수백 개의 욕망이 네트워크 안으로 떨어져 내려왔다. 부러움과 미움, 동경과 질투. 아이가 그욕망을 집어삼킬 때마다, 채린에 대한 정보가 아이의 몸안에 함께 쌓였다. 아름답고 무엇이든 잘하는 아이. 주변의 누구보다도 뛰어난 아이. 아이가 채린의 자리를 빼앗고 싶었던 건 단순히 그 때문만은 아니었다. 흘러 들어온 정보 속에서 엿본 채린의 가족이 너무나 완벽해 보여서였다. 채린이 원하는 것은 무엇이든지 들어주고, 시간 맞춰 채린을 데리러 나가고, 채린의 스케줄 하나하나에 관심을 기울여 주는 부모. 채린은 무엇을 하든 절대 혼자가 될 일이 없어 보였다.

외로운 것은 싫다.

그것이 아이의 근원이었다. 아이에게는 여러 욕망이 뒤엉켜 있었으나, 가장 중심이 되는 욕망은 그것이었다. 외로운 것이 싫어서 발버둥을 쳤던 사람들의 욕망. 혼자 있고 싶지 않아. 너와 이야기하고 싶어. 저렇게 예쁘면, 주변에 친구도 많겠지. 나도 너처럼 되고 싶어. 나도 채린이 너처럼. 외로운 것은 싫으니까. 아이가 집어삼켰던 채린에 대한 욕망 역시 외로움에서 비롯된 것이 대부분이었다.

'이젠 알아. 혼자가 아니라는 것과, 외롭지 않다는 건 같은 의미가 아니라는 걸.'

아이는 뻗었던 손을 거두었다. 자리를 빼앗지 못한 채 채린의 모습으로 생활한 지 어느덧 1년이 넘었다. 어느 날부터 몸이 투명해지는 현상이 심해졌다. 그래서 I를 사냥했다. 사람의 자리를 빼앗은 I는 강한 힘을 가지고 있기에, 그들의 I필터 앱을 삭제한 뒤 욕망으로 돌아간 그들을 먹어 치웠다. 죄책감은 들지 않았다. 그러지 않아도, 그들이 자신과 똑같이 I라 말하고 다니는 것이 마음에 들지 않던 터였다. 아이는 그것을 오직 자신만의 이름으로 만들고 싶었다.

가장 최근에 사냥한 것은 유경의 자리를 빼앗았던 I였다. 그와는 처음부터 악연이었다. 아이는 처음 I필터를 나와 채린과 마주 보았던 날을 떠올렸다. 담배 냄새가 배어 있던, 아무것도 없던 그 옥상. 절망에 가까운 소원을 품고 자신을 불러낸 채린의 물기 젖은 까만 눈동자를.

2

거짓말이야. 아이는 서연에게 그렇게 말했었다. 유경이 한 말은 모두 거짓말이라고.

아이도 거짓말을 했다.

"진짜네. 이용 약관에 쓰여 있는 거, 안 믿었는데."

갑자기 눈앞에 나타난 아이를 보고도 채린은 놀라지 않았다. 난간에 걸터앉은 채 그렇게 말했을 뿐이었다. 놀란 건 I 쪽이었다. 채린을 타깃으로 삼긴 했지만, 그렇게 마주하게 될 줄은 몰랐다.

"겁도 없구나. 이용 약관을 읽고도 사진을 찍다니."

"믿지는 않았지만, 진짜 I가 나타나면 좋겠다 싶었거든."

아이는 채린의 얼굴을 빤히 바라보았다. 채린의 목소리를 듣는 것은 처음이었다.

"여기 내 옆에 와서 앉아."

아이는 홀린 듯 채린의 말에 따랐다. 아이는 옥상 바닥에 엉덩이를 대고 앉았다. 딱딱하고 차가운 시멘트의 감촉이 느껴졌다. 채린의 몸을 본떠 만든 가짜 몸. 그러나 가짜 몸으로도 모든 것이 너무나 선명하게 느껴졌다.

"소원을 들어준다고 했지? 그럼 넌 요정 같은 거니? 램프의 지니 같은 거."

"마음대로 생각해."

"뭐니, 그 성의 없는 대답은. 그럼 나도 내 소원, 말 안

해 줄 거야."

말하지 않아도 알고 있다. 아이는 채린의 얼굴을 향해
손을 뻗었다. 아이의 손가락 끝이 눈가에 닿자 채린은 놀
란 듯 몸을 뒤로 뺐다.

"엄마한테 혼났다고 울다니. 초등학생도 아니고."

아이의 말에, 채린의 표정이 눈에 띄게 굳었다.

"네가 그걸 어떻게 알아? 네가 나타나기 전이었는데."

"너랑 똑같은 얼굴을 하고 허공에서 튀어나온 존재면
그쯤은 알지 않겠니?"

"엄마가 내게 무슨 말을 했는지도?"

당연히 알지. 아이는 그렇게 말하려다가 그만두었다.
아이가 늘 채린을 보고 있다는 것을, 채린은 모를 터였다.
오늘도 그랬다. 연습실로 오는 도중 유경이 보낸 얼평 영
상을 보고, 화를 내고, 유경을 찾아 헤매는 채린을 보았다.
그때까지 채린은 그저 화가 났을 뿐이었다. 유경이 험담
하는 것을 듣고 옥상으로 올라온 것도 그저 화를 삭이기
위해서일 뿐이었다. 연습실에서 싸움을 벌였다가는 소란
만 커질 뿐이다. 채린은 월말 평가에서 1등을 해야 했고,
그러기 위해서는 분노를 억눌러야 한다는 것도 알았다.

1등을 하지 않으면 엄마가 실망할 테니까.

채린의 욕망. 부모님에게 사랑받고 싶다는 오직 그 하나의 소원.

아이가 지켜본 채린은 엄마를 실망시키지 않기 위해서라면 무엇이든 참고 견디는 아이였다. 앱 하나를 다운받을 때에도, 엄마에게 허락을 받은 후에야 설치하곤 했다. 그래서 채린이 I필터 앱 링크를 전송받았을 때 바로 설치하리라 생각하지 않았다. 채린은 I필터 앱 링크를 눌렀고, 설치 화면에 뜬 이용 약관을 꼼꼼히 읽었다. 그러나 역시 설치 버튼을 누르지는 않았다. 그때 전화가 걸려 오지 않았다면, 아이가 채린의 옆에 앉아 대화를 나누는 일은 일어나지 않았을 것이다.

전화를 건 사람은 채린의 엄마였다. 채린이 전화를 받자마자 엄마가 대뜸 말했다. "그런 이상한 채널에 이름이 오르내리다니. 대체 행동을 어떻게 하고 다닌 거니."라고. 채린이 가면 늑대의 얼평 대상이 된 것은 채린의 잘못이 아니었음에도 엄마는 채린을 탓했다. 아이는 이전에도 그런 경우를 종종 보았다. 채린이 스토커 같은 팬에게 떠밀려 얼굴에 생채기가 났을 때에도, 학원에서 누군가 채린을 계단에

서 떠밀어 팔이 부러졌을 때에도 그랬다. 네가 좀 더 잘했으면, 네가 좀 더 조심했다면. 그때마다 채린은 알았다고 대답했을 뿐이다. 그 전화를 받았을 때에도 그랬다. 채린은 "조심할게요."라고 말하곤 전화를 끊었다. 그러고는 서연에게 메시지를 보냈다.

나 좀 도와줘.

그 짧은 문자에 답은 오지 않았다. 아무 답도 없는 채팅창을 들여다보다가, 채린은 울었다. 소리 없이 눈물을 뚝뚝 떨어뜨리며 I필터 앱 링크를 다시 열고는 설치 버튼을 눌렀다. 순식간에 50장의 셀카를 찍어 아이를 불러냈다. 이제까지 아이가 지켜봐 온 채린의 모습과는 너무나 다른 행동이었다.

"응? 아냐고! 말해 봐. 나와 똑같은 얼굴을 가지고 있으니까 알 거 아냐. 엄마가 나에게 무슨 말을 했는지!"

"진정해. 한두 번 들은 말도 아닌데 왜……."

"네가 뭘 알아!"

채린의 목소리 끝이 새되게 갈라졌다.

"네가 요정이든 귀신이든, 다 안다는 듯이 말하지 마! 한두 번 들은 게 아니라고? 그래. 맞아. 언제나, 늘 이래!"

흐느낌이 말에 뒤섞어 흘러나왔다. 채린은 엉엉 소리 내어 울었다. 아이는 채린의 눈물을 이해할 수 없었다. 채린은 언제나 욕망을 이루려 노력했다. 언제나 딸의 곁에 있는 부모와 그런 부모의 기대에 부응하는 딸. 그것은 무척 단단한 연결 고리로 이어진 관계로 보였다. 그런데 왜 이렇게 격한 반응을 보이는 걸까.

"이제 알았어. 애초에 나는 그렇게 될 수가 없어."

무릎에 고개를 파묻고 울던 채린이 중얼거렸다. 채린은 눈물로 뒤범벅이 된 얼굴을 들어 아이를 봤다.

"너, 소원을 들어준다고 했지?"

채린은 양손을 뻗어 아이의 머리를 공처럼 움켜잡았다. 아이가 마음만 먹으면 쉽게 벗어날 수 있을 만큼 약한 힘이었다. 그러나 아이는 채린의 손을 뿌리치지 않았다. 붉게 충혈된 채린의 눈동자와 바들바들 떨리는 입가가 그럴 수 없게 만들었다. 아이가 채린을 타깃으로 정하고 지켜본 지 몇 달째, 채린이 그토록 강렬하게 감정을 뿜어내는 것은 처음 있는 일이었다.

"내 소원은 말이야. 사랑받는 거야. 아빠와 엄마에게. 부모님이 나를 사랑해 줬으면 좋겠어. 어릴 적부터 그것만을 바랐어."

알고 있어. 그리고 그건 아주 많은 어린이의 욕망이기도 해. 아이는 그렇게 말하고 싶었다. 하지만 거칠게 숨을 몰아쉬는 채린의 말을 끊고 싶지 않았다.

'왜 이렇게 흥분한 걸까.'

무엇이든 언제나 열심히 하고, 밝게 웃는 채린. 아이는 채린을 관찰하고, 채린의 표정과 말투를 연습했다. 채린은 이미 완벽하기에 자리를 차지한 뒤 아이가 조금이라도 이상한 모습을 보이면 가짜라는 것을 들킬 위험이 있다고 여겼다. 나쁜 아이가 착한 아이가 되는 것에는 관대하지만, 착한 아이가 조금이라도 나쁜 아이가 되는 것은 용납하지 않는 것이 부모니까. 채린의 말투와 표정을 연습하면서, 아이는 채린의 생각과 감정을 모두 이해했다고 자부했다.

"하지만 이젠 알았어. 난 안 돼. 아무리 노력해도 아빠와 엄마가 바라는 완벽한 딸은 될 수 없어."

착각이었구나. 아이는 쌔근거리는 채린의 거친 숨소리

를 들으며 깨달았다. 아이는 몰랐다. 채린이 이렇게나 생생한 감정을 뿜어낼 수 있는 존재임을. 분노와 체념의 감정 역시 가지고 있음을. 그것이 아이를 초조하게 했다. 아이는 채린을 완벽하게 알아야만 했다. 알고 싶었다. 채린의 자리를 빼앗기 위해.

"그러니까 네가 대신 해 줘."

채린은 아이의 얼굴을 봤다. 아이는 채린이 자리에서 일어나 옥상 난간에 올라가 선 것을 봤다. 바로 그때, 옥상 문이 열리고, 유경이 뛰어 들어왔다. 유경과 유경의 I는 몸싸움을 벌였다. 유경의 휴대폰이 아이 앞으로 굴러 떨어졌다. 아이는 휴대폰을 집어 들었다. 유경과 유경의 I가 싸우든 말든 크게 관심이 가진 않았다. 아이는 유경의 휴대폰을 열어 카메라로 옥상 이곳저곳을 찍었다. 휴대폰 안에서 바깥을 보다가, 휴대폰을 손에 쥐고 바깥을 찍는 것은 그 자체로 짜릿한 쾌감을 불러일으켰다.

'유경의 욕망이 뭐기에 이곳으로 온 거지?'

퍼뜩 떠오른 의문에, 아이가 휴대폰을 유경과 유경의 I 쪽으로 돌렸을 때였다. 아이는 봤다. 유경의 I는 자신을 붙잡은 유경을 바닥에 떠밀고는 난간에 선 채린을 향해 달려들었다. 유경의 I가 채린을 떠민 순간, 유경은 사라졌다. 난간에서 떠밀린 채린의 몸도 눈 깜짝할 사이에 사라졌다. 유경의 I가 다가와 아이의 손에서 유경의 휴대폰을 낚아챘다. 유경의 I는 옥상 계단을 뛰어 달아났고, 아이만이 덩그러니 옥상에 남았다. 아이는 다급히 난간 바깥으로 몸을 내밀어 건물 아래를 살펴보았다. 바닥에 쓰러진 채린이 보였다. 널브러진 모습이 꼭 헝겊 인형처럼 보였다.

처음 느껴 보는 감정이 아이를 덮쳤다. 무척 소중하게 여겼던 거울이 깨진 것만 같은 느낌이었다. 어깨가 마구 떨렸고, 배 안쪽에서 뜨거운 물기둥이 솟아오르는 듯했다.

이건 대체 무어라 부르는 감정일까.

아이는 앰뷸런스가 채린을 싣고 사라질 때까지 난간에 서 있었다.

그때는 몰랐다.

법칙이 완전히 어긋나 버렸다는 것을.

3

아이는 병실 문을 열었다.

"안녕! 나 왔어."

아이는 병실 침대에 앉아 있는 채린에게 인사를 건넸다. 채린은 대답하지 않았다. 그저 창밖을 보고 있을 뿐이었다.

"오늘도 여전하네. 넌 아이돌을 지망할 게 아니라 연기자가 되었어야 해. 나도 몇 개월을 감쪽같이 속았잖아."

아이는 메고 온 가방을 한쪽에 놓고, 병실 붙박이장 안에서 빗을 꺼냈다. 아이는 주말마다 병원에 와서 채린을 만났다.

옥상에서의 사건으로 아이가 채린의 자리를 차지한 지 1여 년. 채린은 계속 병원에 입원해 있었다. 채린의 부모는 채린을 '후원자'로 인식하고 병원비를 냈다. 아이가 그렇게 생각하도록 최면을 걸었다. 병원 관계자들에게도 손을 써야 했다. 채린의 몸이 모두 나은 뒤에도 병원에 있는 것이 이상하지 않도록. 채린이 I필터의 세계로 사라지고,

아이가 완벽하게 채린의 자리를 차지했다면 하지 않아도 되었을 수많은 일을 해야 했다. 그것은 아이가 그만큼 더 많은 힘을 써야 한다는 것을 의미했다.

"법칙은 채린이 네가 사라지지 않은 시점에서 어긋나 버렸어. I필터의 오작동이 시작된 거지. 바이러스에 감염된 공간에서 발버둥 치려면 많은 힘이 필요해. 다른 I를 잡아먹는 것도 이젠 한계지 싶어."

아이는 빗을 꺼내 들고 채린의 침대에 걸터앉았다. 아이는 채린의 머리카락을 천천히 빗어 내려갔다. 위잉. 아이의 주머니 안에서 휴대폰이 울렸다.

"네 소원을 이루어 주면 채린이 네가 사라질 줄 알았어. 네 육체가 이곳에 남은 건 소원이 완전히 이루어지지 않아서라고. 네 영혼은 이미 이곳에 머물러 있지 않은 듯 보였으니까."

매끄럽게 머리카락을 타고 내려가던 빗이 중간에 턱 걸렸다. 머리카락이 작은 실타래처럼 뭉쳐 있었다. 위잉. 또다시 휴대폰이 울렸다. 아이는 빗을 내려놓고 주머니에서 휴대폰을 꺼냈다. 화면의 I필터 앱 아이콘이 붉은빛을 뿜어냈다. I필터 앱 아이콘은 화면에서 사라졌다가 다시 나타나기를 반복했고, 그때마다 휴대폰을 쥔 아이의 손가락 끝도 투명해졌다가 원래대로 되돌아왔다.

"네 소원. 그게 얼마나 이루기 힘든 건지 이젠 알아. 네가 왜 그렇게 힘들어했는지도."

외로운 것은 싫다. 아이는 I필터 안에서 깨달았다. 그것이 자신만의 욕망이 아니라는 것을. I필터를 전송받은 모두, 다른 욕망을 가지고 있었으나 그 뿌리는 같았다.

주변으로부터 인정받으려고 발버둥 치다 자기 자신을 잃어버려 고독해진 사람.

다른 사람들이 자신을 비웃을까 봐 방에 틀어박혔다가 열등감에 잡아먹힌 사람.

친구에게 부러운 마음을 솔직하게 말하지 못해 죽이고 싶다는 생각까지 하게 된 사람.

악플에 시달리면서 자신의 편을 들어 주는 사람이 한 명도 없다는 것에 절망한 사람.

모두가 외로웠다. 세상에 혼자 남은 듯한 외로움이, 그들의 욕망을 키워 낸 영양분이었다.

이제 아이는 안다. 혼자 있지 않아도 외로울 수 있다는 것을. 채린으로 산 지난 1년간의 날들이 아이에게 그것을 가르쳐 주었다. 완벽해 보이던 아침 식탁에서 오고 가는 대화는 대부분이 채린에 대한 평가였다. 더 잘해야 해. 다시는 그런 실수를 하면 안 돼. 식탁에서 아빠와 엄마의 말투는 늘 날카로웠다. 날카로운 말끝으로 아이의 가슴에 칼을 꽂았다. 아이는 채린이 어떻게 이런 하루하루를 견뎠을지 궁금했다. 아름답고 완벽한 채린. 늘 웃는 채린. 그런 채린의 가슴에는 대체 몇 개의 칼이 꽂혀 있을까. 그리고 알았다. 자신이 채린을 선택했다고 생각했던 것이 착각이었음을.

"있잖니, 채린아. 사람은 말이지, 익숙하고 단순한 일을 할 때 뇌 용량에 여유가 생긴다더라. 바쁘게 일할 때에는 떠오르지 않던 감각이, 용량이 널널해지니까 이때다 하고 떠오른다는 거야. 거울은 말이지, 자기 자신의 모습을 비추잖아. 자신에게 가장 익숙한 것을. 그때보다 더 온갖 감각이 예민해지는 때가 있을까. 억눌려 왔던 소원과 비밀을 곱씹게 될 때가 있을까. 그러니 거울은 사람의 욕망을 빨아들일 수밖에 없는 운명인 거야. 지금은 인터넷이 그런 역할을 하는 것 같아. 사람들은 습관적으로 인터넷을 하고, 그 익숙한 공간에 자신의 욕망을 밀어 넣는 거지."

아이는 휴대폰 화면과 자신의 손을 번갈아 바라보다 아랫입술을 꽉 깨물었다.

"네트워크 안에 있으면, 셀카를 찍는 사람들의 생각이 마구 흘러 들어온단 말이야. 그중 자기 자신에게 만족하는 사람은 거의 없어. 나는 왜 이렇게 못생겼을까. 내 피부는 왜 이럴까. 코가 좀 더 오뚝했으면 좋겠다. 내가 보기엔 그저 예쁘기만 한데. 육체를 가진 사람이라는 것 자체로 이미 완벽한데, 그들의 욕망에는 만족이 없어."

사람이 되고 싶었다. 사람의 마음에서 흘러나온 존재이기에 그렇게나 간절히 사람이 되고 싶었다. 자신의 욕망을 이루기 위해, 아이는 노력했다. 부모에게 사랑받고 싶다던 채린의 욕망을 완벽하게 이루어 주는 것이 곧 자신의 욕망을 이루는 일이었다.

"채린이 네 말대로 하면 될 줄 알았지. 완벽한 딸이 되면, 그 소원을 이룰 수 있을 거라고."

아이는 내려놓았던 빗을 집어 들고 채린의 머리카락을 다시 거침없이 빗어 내렸다. 엉켰던 머리카락이 거친 빗질에 뜯겨 나갔다. 아이는 채린의 턱을 붙잡아 자신 쪽으로 돌렸다. 채린의 눈가에 눈물이 고였다.

"이젠 알아. 너의 욕망은 나와 같다는 걸. 내가 널 선택한 게 아니었어. 네가 날 끌어당긴 거야. 외로운 게 싫었던 거지, 너는. 네가 외롭지 않을 유일한 방법이, 부모에게 사랑받는 것이었어."

외로움의 이유는 모두 다르다. 외로움에서 벗어나기 위해 선택할 수 있는 방법도 사람마다 모두 다르다. I필터 앱, 그 공간 안에 있는 동안 아이는 코드로 만들어진 세상 속으로 떨어지는 수많은 글자들을 봤다. 누군가를 공격하는 날 선 글자들은 언제나 욕망과 함께 떨어져 내렸다. 특별해지고 싶다는 욕망. 누군가를 끌어내리고 싶다는 욕망. 그 욕망의 뿌리 역시 외로움이었다. 누군가는 외로움에서 벗어나기 위해 얼굴도 본 적 없는 상대에게 저주와도 같은 글을 남긴다. 그 글은 또다시 외로운 누군가를 죽음으로 몰고 가기도 한다. I필터를 만들어 낸 것은 결국 외로움이었기에, 아이를 맨 먼저 끌어당겼던 것이다.

"채린아, 네 소원은 이미 이루어졌어. 하지만 또 영원히 이룰 수 없는 것이기도 하지. 넌 이미 사랑받고 있어. 너도 알지. 너와 부모가, 원하는 사랑의 형태가 너무 다를 뿐이라는 걸."

애초에 이루어 줄 소원이 없는데, 소원을 대가로 한 계약이 유효할 수는 없는 법이다. 채린이 그저 사랑이 아닌, 구체적으로 부모가 어떻게 행동하기를 바란다고 소원을 빌었다면 이야기는 달라졌을지도 모른다. 그러나 채린은 사랑받기를 원했다. 그뿐이었다. 그렇기에 아이는 I필터 앱과 계약하기 전에 이미 이루어진 상태였던 소원을 대가로 자리를 차지한 것이 되어 버렸다. 법칙을 어그러뜨린 것이다. I필터 앱은 계약으로 움직이므로 법칙을 어그러뜨린 것은 크나큰 오류를 불러왔다. 앱은 포털을 닫는 것으로 오류를 수정하려 했다. 뒤늦게 그 사실을 깨달은 아이가 다른 I를 잡아먹어 얻은 힘으로 앱이 닫히는 시간을 늦춰 보려 했으나 소용없었다. 앱은 닫히고 있다. 아마 이제 곧, 아이도 사라질 것이다.

그렇다면 채린에게 제대로 작별 인사를 하고, 이 손으로 끝내자.

아이의 결심이었다.

"엄마가, 내가 네가 아니라는 걸 알아."

아이는 손가락 끝으로 채린의 눈물을 닦아 냈다. 채린의 속눈썹이 파르르 떨렸다.

"그것만큼 뚜렷한 증거가 있을까. 너의 엄마가 너를 사랑하고 있다는 증거. 그러니까 연기 그만해. 네 영혼, 여기 멀쩡하게 있잖아. 영혼 없는 존재는 눈물을 흘릴 수 없어."

아이의 말에 채린은 아무 반응도 하지 않았다. 언제나처럼 생기 없이 정면만을 바라볼 뿐이었다. 아이는 채린의 무반응에 아랑곳하지 않고 채린의 옆에 몸을 붙이고 앉아 휴대폰을 꺼냈다.

"자, 웃어. 김치."

아이는 길게 손을 뻗어, 채린과 함께 셀카를 찍었다.

"웃으라니까. 기념사진인데. 내가 사라져도 이 사진이 남을 줄은 모르겠지만."

"사라지다니?"

"이제야 말을 하네. 그동안 아무리 말을 걸어도 모른 척하더니."

아이는 채린을 끌어안았다. 채린의 몸이 긴장으로 뻣뻣해지는 게 맞닿은 피부를 통해 느껴졌다.

'애초에 불리한 게임이었어.'

사람의 자리를 빼앗아야만 자신의 소원을 이룰 수 있는 존재. 그러나 자리 뺏기에 성공한 I는 이제껏 없다. 사람이 품었던 욕망. 사람의 '마음'에서 흘러나온 감정이 뒤섞인 존재. 그렇기에 필사적으로 사람이 되고 싶다고 해도, 진짜 마음을 가진 사람에게는 질 수밖에 없는 것이다. 사람의 마음은 다른 사람과 이어져 있기에, 한 사람의 자리를 완전히 빼앗는 것은 불가능한 일이었다.

아이는 자신만은 성공할 것이라고 믿었다. 채린을 기억하는 유일한 사람, 채린의 엄마. 그 엄마가 망가졌으니까. 채린을 완벽하게 기억하지 못했으니까.

'그러니까 I필터 앱이 사라져도, 좀 더 버티면 자리를 빼앗을 수 있을 거라 생각했어. 하지만……'

자꾸만 머릿속에 떠오르는 장면이 있다. 아이가 채린이 아니라는 걸 알면서도, 가짜라고 소리 지르지 않고 웃는 엄마의 얼굴. 그 장면이 현실이 되기를 바라는 마음이 커져 가는 만큼, 채린 행세를 하는 것이 괴로워졌다. 채린이 아닌, 아이로 그곳에 있고 싶었다. 다른 사람의 자리를 빼앗는 것은 결국 타인 행세를 계속하며 살아야 한다는 의미이기도 했다. 그것이 '사람'으로 사는 것일까. 그렇게 사는 것이, 보이지 않는 안개와 같은 존재로 살던 것과 무엇이 다른 것일까. 이 짙어지는 회의감은, 투명하게 변하는 손끝을 보는 것만큼이나 아이를 괴롭게 했다.

"채린아, 네 자리로 돌아가. 도망치지 말고."

아이는 채린의 등 뒤에서 쥐고 있던 휴대폰을 열었다.

'마음이라는 건 이렇게나 뜻대로 안 되는 거구나.'

그리고 또 하나. 아이를 괴롭게 만들었던 것은 점점 채린을 아끼게 된 마음이었다. 언제부터였을까, 채린의 행복을 바라게 된 것은. 어쩌면 옥상에서 나란히 앉아 이야기를 나누었을 때부터였는지도 모른다. 어쩌면 처음 눈이 마주쳤을 때, 그 물기 젖은 눈동자를 봤을 때부터일지도. 채린의 머리를 빗어 주고, 대답 없는 채린에게 말을 걸고, 채린의 휠체어를 밀며 보내는 그 시간만큼은 외롭지 않았다. 그렇기에 자리를 빼앗아 사람으로 지내는 날들 중, 그때가 가장 행복했다.

채린이 행복했으면 좋겠다.

그러나 그러기 위해서는 자신이 사라져야만 한다.

이 모순된 감정에 괴로워하다가, 아이는 결심했다. 채린의 자리를 빼앗아 진짜가 될 수 없다면 단 한 사람에게라도 아이라는 이름으로 기억되겠다고. 그렇다면 또다시 형태 없는 존재가 되더라도 외롭지만은 않을 터였다.

필터 앱의 아이콘을 꾹 누르는 아이의 손가락 끝이 부들부들 떨렸다.

"네가 뭘 알아!"

날카로운 목소리가 아이의 손가락을 멈추게 했다. 그때까지 목석처럼 아이에게 안겨 있던 채린이 아이의 멱살을 움켜잡았다.

"도망치지 말라고? 내 자리로 돌아가라고? 내 자리가 대체 어디에 있는데!"

채린의 눈에서 주르륵, 눈물이 떨어졌다.

"엄마가 나를 사랑한다는 거? 알아! 하지만 그 사랑은, 내가 원하는 게 아냐! 내 성공을 바라는 그런 사랑을 원한 게 아니야. 그런 사랑은 나를 더 외롭게 해. 엄마의 관심이 쏟아지면 쏟아질수록 더 외롭다고!"

아이는 자신의 멱살을 움켜잡은 채린의 손등을 양손으로 살며시 감쌌다.

"알아. 그렇지만 어쩔 수 없어. 사랑은 기대를 동반해. 사랑하는 마음은 같아도 서로에게 바라는 기대는 같지 않지. 방향이 다를 수도 있어. 그 외로움을 견뎌. 견뎌서, 너의 자리를 만들어 가."

채린의 손에서 힘이 빠졌다. 채린은 무너지듯 몸을 둥글게 웅크렸다. 아이는 그런 채린의 등을 껴안고, 귓가에 속삭였다. 그러고는 몸을 일으켰다.

"알았지? 기억해. 나는 아이야."

앱의 삭제 버튼을 누름과 동시에, 아이의 손에 들려 있던 휴대폰이 툭, 침대 위에 떨어졌다.

아이는 사라졌다. 원래 어디에도 존재하지 않았던 것처럼.

"기억할게."

채린은 휴대폰을 집어 들고 망설이다 번호를 눌렀다.

"또다시 도망치고 싶어지면 나를 떠올려. 아무런 기대 없이 절대적으로 너를 사랑한, 한 존재를 잊지 마. 언젠가 내가 돌아올 수 있다는 것도."

아이의 마지막 속삭임이 신호음과 함께 채린의 귓가에 울렸다.

모든 것이 제자리를 찾을 시간이었다. 🖤

작가의 말

어느 날, 알라딘은 마술사에게 속아 동굴에 들어갔다가 요술 램프를 손에 넣습니다. 램프를 문지르니 지니가 나타났고, 알라딘은 소원을 빌어 원하는 것을 이룹니다.

알라딘한테서 램프를 빼앗은 마술사도 소원을 빕니다. 그는 가장 강력한 마술사가 되어 알라딘의 것을 다 빼앗습니다. 하지만 마지막에 알라딘은 마술사를 쓰러뜨리고 다시 자신의 소원을 이룹니다.

알라딘의 소원은 이루어졌지만 마술사의 소원은 이루어지지 않았지요. 무엇이 달랐을까요?

알라딘은 자신의 목숨을 구하기 위해, 공주를 만나려고 왕자가 되기 위해, 램프의 요정 지니를 해방시키기 위해 소원을 씁니다.

반면 마술사는 자신을 누구보다도 권력이 큰 술탄으로 만들어 달라고, 누구보다도 강력한 마술사가 되게 해 달라고, 누구보다도 강력한 힘을 가진 존재로 만들어 달라고 빌지요. 마술사에게는 '누구보다도'가 중요했던 거예요. '남보다 더'라는 기준은 자신이 남보다 부족하다고 느끼게 만듭니다. 그 부족함이 불행과 고독의 원인이라고 생각해 타인의 것을 욕망하게 되고요. 알라딘의 꿈이 '소원'이라면, 마술사의 꿈은 '욕망'이었던 것입니다.

어느 날 여러분에게 'I필터를 설치하시겠습니까?'라는 메시지가 도착한다면 어떻게 하실 건가요? 앱을 설치하실 건가요? 그 앱을 설치하면 여러분은 무엇을 이루게 될까요? 그것은 소원일까요, 욕망일까요.

소원은 '어떤 일이 이루어지길 바람'입니다. 욕망은 '부족을 느껴 무엇을 가지거나 탐하는 마음'이지요. '부족하다'는 것은 비교할 대상이 있어야 느끼는 감정입니다.

'남의 떡이 커 보인다.'는 속담이 있지요. 미국 속담에도 'The Grass Is Always Greener On The Other Side.'라는 말이 있어요. 다른 쪽 잔디가 항상 더 푸르러 보인다는 뜻입니다. 남의 것이 더 좋아 보이는 건 시대와 나라에 상관없이 보편적으로 느끼는 감정인 모양입니다.

다른 사람의 것이 더 좋아 보이는 건, 타인이 그 결과를 얻기까지의 과정을 내가 잘 모르기 때문입니다. 나는 100% 노력을 쏟아서 목표의 80%를 이루었는데, 타인은 50%의 노력으로 목표의 80%를 이룬 것처럼 보이는 거지요. 이러한 심리를 '자기중심적 편파'라고 합니다. 타인의 노력을 상대적으로 과소평가하는 심리입니다. 사실 한 사람이 어떤 삶을 살고 있는지는 본인이 아니면 알 수 없습니다.

소원과 욕망을 구분하는 건 쉬운 일이 아닙니다. 한두 번 고민한다고 답을 찾을 수 있는 문제도 아닙니다. 소원을 위해 노력하는 것도, 욕망을 가지고 모색하는 것도 모두 의미가 있습니다. 중요한 것은 타인의 시선에 기준을 두고 달려가다가 길을 잃지 않도록 나를 살피는 일이지요. 욕망만 남고 내가 사라지는 일이 없도록, 때때로 자기 자신에 대해 고민해 볼 일입니다.

책이 나오기까지 함께해 주신 모든 분에게 감사합니다.
특히 이 책을 읽어 주신 독자 분들에게 감사합니다. 다시
인사드릴 수 있기를 바랍니다.

2023년 3월

범유진

I필터를 설치하시겠습니까?

초판 1쇄 2023년 3월 10일
초판 3쇄 2023년 11월 20일

지은이 범유진

책임편집 이슬
마케팅 강백산, 강지연
디자인 이정화

펴낸이 이재일
펴낸곳 토토북
주소 04034 서울시 마포구 양화로11길 18, 3층 (서교동, 원오빌딩)
출판등록 2002년 5월 30일 제10-2394호
전화 02-332-6255
팩스 02-6919-2854
홈페이지 www.totobook.com
전자우편 totobooks@hanmail.net

ⓒ 범유진 2023
ISBN 978-89-6496-490-3 43810